2020 평화로 가는 길

2020 평화로 가는 길
-세종에서 평양까지 걷는 길

초판 1쇄 인쇄 | 2021년 1월 20일
초판 1쇄 발행 | 2021년 1월 30일

엮은이 | 깨학연구소
기　획 | 이강옥 · 민서희
펴낸이 | 최병윤
펴낸곳 | 행복한마음
출판등록 | 제10-2415호 (2002. 7. 10)

주소 | 서울시 마포구 성산로2길 33, 202호
전화 | (02) 334-9107
팩스 | (02) 334-9108
이메일 | bookmind@naver.com

ISBN 978-89-91705-48-7　03810

＊인용시 출처를 밝히고 사용하십시오.
＊영리 목적이 아닌 부분복사는 허용합니다.
＊이 책의 일부는 아모레퍼시픽의 아리따글꼴을 사용해 디자인 됐습니다.

THE ROAD TO PEACE
from Sejong to Pyongyang

2020 평화로 가는 길

세종에서 평양까지 걸어가는 길

깨학연구소 엮음

- 일러두기 -

· 표지 디자인 : 김경환
· 3쪽 글씨 : 영묵 강병인
· 6쪽, 14쪽 그림 : 박운음 화백

철마는 달려가고 싶고,
우리는 걸어가고 싶다.

개성을 지나 평양까지!

차례

프롤로그

우리는 세계 유일의 분단국가에서 살고 있습니다. 하나의 나라가 둘로 나뉘어 살고 지낸 지 벌써 70년이 넘었습니다. 앞으로 한 세대만 더 지나면 100년이 됩니다.

국가는 국가의 역할이 있고, 시민은 시민의 역할이 있다고 합니다. 그래서 저희는 그 시민의 역할을 다하기 위해, 남한의 행정수도인 세종시에서 북한의 수도인 평양까지 걷는 길을 개척하기로 하였습니다.

그래서 갈 수 있는 곳까지, 걸을 수 있는 최북단까지 걷기로 하였습

▲Photo by 김영민

▲Photo by 이성진

니다. 코로나19로 인해 많은 분들이 참가할 수는 없었지만, 이 땅에 평화를 만들고 싶어 하는 마음은 실로 컸습니다. 그래서 적지 않은 분들이 동참해 주셨습니다.

한반도 남쪽에서만 평화를 외치고, 한반도 남쪽에 있는 땅만 둘러보는 것이 아니라, 남쪽 행정수도인 세종시에서 북쪽 수도인 평양까지 누구나 마음만 먹으면 갈 수 있는 그런 세상을 만들고 싶어, 하루 하루를 걸어 임진각 평화누리공원에 도착하였습니다.

하지만 거기까지였습니다. 대한민국에서 갈 수 있는 최북단은 임진각까지였습니다. 하지만 내년에는 도라산역을 지나 개성공단까지 가고 싶습니다. 그리고 몇 년 후에는 평양까지 가고 싶습니다.

2020년 12월 3일
깨시국 사무국에서
민서희, 깨학연구소장

▲Photo by 이성진

평길

들어가기

평화로 가는 길

코스와 구간 그리고 기호

세종에서 평양까지 걷는 길을 평길이라고 하는데, 평길은 크게 네 개의 코스로 이루어져 있습니다. 평길은 '깨시국이 주최하여 세종에서 평양까지 걷는, 평화로 가는 길'을 줄인 말입니다.

1. 네 개의 코스
평길은 A, B, C, D 코스로 이루어져 있는데, A와 B코스는 남측길이고, C와 D코스는 북측길입니다.

A코스 : 세종 → 서울
B코스 : 서울 → DMZ(현실적으로는 도라산역)
C코스 : 도라산역 → 개성
D코스 : 개성 → 평양

2. 구간과 구간 이름
세종시에서 평양까지 걷는 길인 평길은 릴레이로 이어가는 통일대장정이자 평화대장정입니다. 하루하루를 릴레이로 이어가기 때문에, 하루를 한 구간이라고 합니다.

평길 남측 A코스는 8개의 구간으로 이루어져 있고, B코스는 4개의 구간으로 이루어져 있으며, 북측 C코스는 2개의 구간으로 이루어져 있고, D

코스는 아직 정해지지 않았습니다. 아쉽게도 D코스는 갈 수 없고 현지 사정을 알 수 없어서 구간을 나눌 수 없었습니다.

평길 각 구간에는 구간 이름이 있는데, 그 이름은 각 구간의 시작하는 곳의 지명을 따라 만들었습니다. 예를 들어 광화문역에서 행신역까지는 광화문길이 됩니다.

3. 구간 기호
평길 즉 평화로 가는 길은 평화를 의미하는 영어 단어 Peace의 머리글자 P를 가져와 전체 구간을 나타낼 때 사용합니다. 즉 세종시에서 평양까지 전체 구간을 순서대로 P1, P2, P3 ~ P15, P16 이렇게 표시합니다. 이때 P3은 평길 제3구간을 의미합니다.
그리고 코스 구간을 나타낼 때는 A1, B2 등으로 표시합니다. 이때 A1은 A코스 1구간을 의미하고, B2는 B코스 2구간을 의미합니다.

만일, 전체 구간과 코스 구간을 동시에 나타내고 싶으면 P9, B1 이라고 하면 되는데, 이렇게 P9, B1을 이어서 쓰면 '평길 제9구간이 곧 B코스 1구간' 임을 의미하게 됩니다.

▲Photo by 이성진

깨시국 https://band.us/band/65628186	보 도 자 료
제공일 2020. 9. 23	
문 의	행사안내 https://band.us/band/65628186/post/5513

세상을 바꾸는 작은 걸음
제1회 평화로 가는 길

10·4 남북공동선언 제13주기 기념 걷기 행사
2020. 9. 24 ~ 10. 4

□ 10·4 남북공동성명 제13주년을 맞아 오는 9월 24일부터 10월 4일
까지 총 11일 동안, 세종특별자치시의 대통령기록관에서 파주시의 임
진각까지 '제1회 평화로 가는 길' 이라는 릴레이 걷기 행사가 진행될
예정이다.

□ 제1회 평화로 가는 길은 깨어있는 시민들의 모임인 깨시국이 10·4 남북공동성명 제13주년을 맞아, 6·25 전쟁 이후 휴전상태에 머물러 있는 남과 북의 불안한 상태를 종전협정을 통해 매듭짓고 평화협정을 통해 평화의 길과 번영의 길로 나아가기를 바라는 마음에서 개최하는 행사이다.

□ 제1회 평화로 가는 길 걷기 행사의 발대식은 오는 9월 24일 오후 1시에 세종특별자치시에 있는 대통령기록관 앞에서 신행되는데, 발대식이 끝나면 조치원역, 전의역, 두정역, 지제역, 병점역, 금정역, 국회의사당, 광화문, 행신역, 금촌역을 각각 하루씩 경유하여 임진각까지 총 11일 간의 릴레이 걷기 행사가 펼쳐질 예정이다.

□ 제1회 평화로 가는 길 걷기 행사를 기획한 깨시국의 이강옥 대표는 "전쟁이 없는 상태를 평화라고 합니다. 제가 태어났을 때도 우리 대한민국은 전쟁을 잠시 멈춘 휴전상태였고 2020년 지금도 그 휴전상태는 계속되고 있습니다." 라면서, "평화의 길로 가기 위해서 국가는

국가의 역할이 있고 시민은 시민의 역할이 있는 것이어서, 시민으로서 할 수 있는 평화로 가는 길이라는 작지만 의미 있는 걷기 행사를 개최하게 된 것"이라고 말했다.

□ 아울러 병점역에서 금정역까지 6일차 대장을 맡은 조인태는 "노무현 대통령이 6·15 남북공동선언의 이행을 통해 평화와 번영으로 가는 길을 만들려고 노력하신 뜻을 이어 '걷는 평화로 가는 길'이 만들어지고, 그 평화로 가는 길에서 제가 구간 대장으로서 봉사할 수 있어 너무 기쁩니다."라고 소회를 밝혔다.

□ 또한, 청년 김주희는 "이 길을 걸으며 시민으로서 한마음 한뜻으로 평화를 다질 수 있다는 것이 벌써부터 감동으로 다가오네요."라며, "나의 걸음으로 의미 있는 일에 동참할 수 있다는 것이 그저 행복합니다."라고 참가하는 마음을 전했다.

〈붙임〉 제1회 평화로 가는 길 행사 안내 1부.

제1회 평화로 가는 길 행사 안내

1. 개요

평화의 1차적 의미는, 전쟁이 없는 상태를 의미합니다. 현재 우리 대한민국은 남북이 오랜 기간 휴전상태입니다. 우리 대한민국이 평화로 가기 위해서는 종전 선언이 필요하며, 종전 선언을 하기 위해서는 국가는 국가의 역할을, 시민은 시민의 역할을 하여야 합니다.

그래서 우리는, 평화를 다지고 번영으로 가기 위해 '평화로 가는 길'이라는 11일간의 대장정을 통해, 시민의 역할을 다하려고 합니다.

2. 구간 및 일정

'평화로 가는 길'에서는 하루 동안 걷는 거리를 한 구간이라고 합니다. 그리고 각 구간을 순서대로 쉽게 알아볼 수 있도록, 평화를 의미하는 영어 단어 Peace의 머리글자 P를 이용하여 P1, P2, P3 라고 쓰고 있습니다.

'평화로 가는 길'은 릴레이로 이어가는 대장정이기 때문에, 내일 시작하는 곳이 곧 오늘 끝나는 지점이 됩니다. 예를 들어, 조치원역은 P2의 시작점이면서 P1의 끝지점이 됩니다. 이를 도표로 나타낸 것이 아래 그림입니다.

구간	날짜	출발	시작~끝
P1	9/24 목	13:00	세종(대통령기록관)
P2	9/25 금	9:00	조치원역
P3	9/26 토	9:00	전의역
P4	9/27 일	9:00	두정역
P5	9/28 월	9:00	지제역
P6	9/29 화	9:00	병점역
P7	9/30 수	9:00	금정역
P8	10/1 목	13:00	국회의사당
P9	10/2 금	13:00	광화문(이순신 동상)
P10	10/3 토	9:00	행신역
P11	10/4 일	9:00	금촌역~임진각

3. 참가 대상

평화를 원하는 모든 내외국인은 참가할 수 있습니다. 단 미성년자는 보호자와 함께 참가하여야 합니다.

4. 참가비

평화로 가는 길의 참가에는 4인이 한 팀으로 참가하는 팀 참가 방식과 개인이 나홀로 참가하는 개인 참가 방식이 있습니다.

참가 방식	참가비	비고
팀 참가 (4인 1팀)	10만 원	개인용품 증정 깃발 1개 지급
개인 참가	3만 원	개인용품 증정

5. 준비물

모든 참가자 개인에게는 행사를 위한 개인용품이 증정되며, 각 팀마다 1개의 행사용 깃발이 지급됩니다.

점심은 걷는 도중 구간 대장의 지시에 따라 식당에서 먹고 밥값은 1/n로 합니다. 그 외 개인이 준비하거나 참고해야 할 물품은 아래와 같습니다.

명칭	개수	비고	명칭	개수	비고
배낭	1	개인 필수	사진기	1	선택 사항
모자	1	개인 별도	참가비		필수 사항
부채	1	선택 사항	팔토시	1	개인 별도
우의	1	우천시	선글라스	1	개인 취향
신발	1	개인 필수	간식	약간	개인 별도
선크림	약간	개인 별도	점심	1	개인 별도
손수건	1	개인 별도	저녁	1	선택 사항
음료수	1	개인 별도	여행자 보험	1	개인 별도
비상약	약간	선택 사항			
마스크	1	개인 필수			

6. 기타사항

1) 방역 관련

코로나19 방역 수칙에 따라 온라인 문진표를 작성하고, 발열체크를 합니다. 그리고 걷는 동안에는 마스크를 쓰고 신체적 접촉을 가급적 피하여야 합니다.

2) 행사 관련

'평화로 가는 길'에서는 신분의 높고 낮음이나 남녀의 차별이 없습니다. 그래서 오직 하나의 평티(평화로 가는 길에서 입는 티셔츠)만 입는 것입니다. 따라서 누가 오더라도 이날 만큼은 동등한 참가자 신분이기 때문에, 따로 소개하는 시간이 주어지지 않습니다. 다만 구간 대장이 누가 누가 참가했다고 언급할 수는 있습니다.

평화로 가는 길에서는 그 역할에 따라 구간 대장, 구간 총무, 대표주자, 일반 참가자 등으로 나누어집니다.

구간 대장은 하루 동안 리더 역할을 하는 봉사자입니다. 따라서 모든 참가자들은 구간 대장의 통제에 잘 따라주어야 합니다.

구간 총무는 물품과 회계업무를 보는 봉사자이고, 대표주자는 깃발을 들고 가는 참가자입니다. 평화로 가는 길에서는, 처음 시작했던 깃발이 마지막까지 이어지도록 하는 대장정이기 때문에 대표주자의 의미는 특별합니다.

3) 행사 문의

민서희 작가 : 010-0000-0000

 - 깨학연구소 소장
 - 유라시아길연구소 소장

P1

A코스 1구간

_____

세종길

평화로 가는 길 제1기, 1구간 포스터

깨시국에서 주최하는 평화로 가는 길의 목적지에는 1차 목적지와 2차 목적지가 있다. 1차 목적지는 북한 개성공단과 평양이고 2차 목적지는 종전선언과 평화협정 이후의 평화이다.

P1 세종길 포스터는 아래와 같다.

P1, A1, 세종길

구간 대장, 오흥국

깨시민들이 2017년부터 자발적으로 시작한, 깨어있는 시민들의 릴레이 국토대장정에 3번 참가한 것이 인연이 되어, 이번에는 '걸어서 평화로 가는 길'에 초대를 받았습니다.

과분한 초대라고 생각합니다!!

온 국민의 염원인 평화세계가 통일보다 더 가슴에 와 닿는 것은, 통일보다는 평화가 더 앞선 가치를 가지는 것이기에 그런 것이리라 생각합니다. 통일이 된다고 평화가 오는 것은 아니니까요!!

역사적으로 보면 지난 5,000년 동안, 우리 민족에게는 수많은 외침이 있었습니다. 그때마다 온 겨레, 온 백성이 한마음 한뜻으로 뭉쳐 극복해 내었습니다.

비록 왕이 궁을 버리고 도망을 치더라도 백성들은 그들의 터전을 지키기 위해 외세와 싸워 물리쳤습니다. 이것은 남의 지배를 원치 않을 뿐만 아니라, 평화를 위해 선택한 최소한의 몸부림이었습니다.

▲Photo by 필정 윤영석

평화!! PEACE!!

"사람이라면 누구나 원한다"는 그 평화를 만들기 위해 기획된 '걸어서 평화로 가는 길'에 작은 발걸음이지만 저의 한 걸음을 보태려고 합니다.

▲Photo by 필정 윤영석

우리 인류가 함께 누리고 싶은 평화와 공존을 위해, 깨어있는 시민들이 '평화로 가는 길'을 개척하여 이를 세상에 알리고, 세상 모든 사람들이 그 길을 함께 걷는 날을 희망해 상상해 봅니다.

'평화로 가는 길'을 함께 개척하실 분들을, 9월 24일 오후 1시, 세종특별자치시 대통령기록관 앞에서 기다리겠습니다. 감사합니다.

오흥국, 2020. 8. 6

▲Photo by 민서희

P1, A1, 세종길

구간 대장, 윤미옥

안녕하세요, 평화로 가는 길 1구간 대장을 맡은 윤미옥입니다.

올해 코로나19로 인해 만나뵙지 못해 무척 아쉬웠는데, 민서희 작가님으로부터 평화로 가는 길 안내 전화를 받고 참으로 반갑고, 뭔가 깊은 느낌을 받았습니다.

평화로 가는 길!! 우리 모두 함께 가야 하는 길입니다.

김대중 대통령께서도 가셨던 길!!
노무현 대통령께서도 가셨던 길!!

문재인 대통령께서도 가시는 길!!

평화로 가는 길은 멀고도 가까운 내 이웃과 연결된 그런 길이라 생각합니다. 그래서 평화로 가는 길은 희망이고 사랑입니다.

그래서 평화로 가는 길에 한 줄기 빛으로 평화의 열매를 맺기 위하여 간절함과 축복의 기도가 필요하다고 생각합니다.

이해인 수녀님의 「평화로 가는 길」 이라는 시가 생각나네요.

"이 둥근 세계에
평화를 주십사고 기도하지만
가시에 찔려 피나는 아픔은
날로 더해갑니다.

평화로 가는 길은
왜 이리 먼가요.

▲Photo by 필정 윤영석

얼마나 더 어둡게 부서져야

한줄기 빛을 볼 수 있는 건가요.[1]

멀고도 가까운 나의 이웃에게

가깝고도 먼 내 안의 나에게

맑고 깊고 넓은 평화가 흘러

마침내 하나로 만나기를

---

1) 평길 첫날 발대식 행사에서 윤미옥 대장이 이해인 수녀의 시 「평화로 가는 길」을 낭독하였다.

간절히 기도하며 울겠습니다

얼마나 더 낮아지고 선해져야

평화의 열매 하나 얻을지

오늘은 꼭 일러주시면 합니다."

우리 모두 힘내서 평화로 가는 길에 함께해요. 평화로 가는 길은 9월 24일 세종시 대통령기록관에서 시작됩니다.

의미 있고 뜻깊은 행사에 작은 소망으로 출사표를 던지며 여러분과 함께 기쁨으로 평화의 길을 걷겠습니다. 감사합니다.

윤미옥, 2020. 9. 19

▲Photo by 민서희

P1, A1, 세종길

구간 참가, 진이와 풍이

평화로 가는 길, 풍이 진이의 출사표

[진이]

안녕하시어라, 진도의 진이! 평화아이콘!

'평화로 가는 길' 국토대장정에 출사표를 던진 천연기념물 제58호 진돗개 '진이' 어라!

처음으로 열리는 '평화로 가는 길' 국토대장정에 함께하게 되어 기분이 좋습니다.

▲Photo by 필정 윤영석

무엇보다, 첫 회의 첫 구간을 걷게 되어서 부담감이 조금 있기도 하고, 다리가 무거워질 거 같아요!!

하지만 저 진이가 국토대장정을 통해 대한민국 천연기념물의 자신감이 뭔지 보여드리겠습니다.

평화로 가는 길을 함께 걷다 보면 평화가 올 것입니다.!! 우리 평화로 가는 길에서 만나요!!

진이, 2020. 8. 7

▲Photo by 필정 윤영석

[풍이]

20년에 처음 열리는 '평화로 가는 길'에 초대해 주셔서 고맙습니다.

제 고향은 서울에서 멀지 않은 개성으로, 고향에 못 간지 어언 5년이 되어갑니다.

남녘 동포들과 평화를 바라는 마음으로 함께 '평화로 가는 길'을 걷는다고 생각하니 가슴이 뭉클합니다.

▲Photo by 필정 윤영석

무엇보다 평화로 가는 길에 함께 하게 됨을 큰 영광으로 생각하고 있습니다.

남녘에서 시작된 평화의 길이 북녘 끝까지 이어져 한반도 우리 동포들이 언제든 만날 수 있는 그런 날을 기대해봅니다.

또 그렇게 이어진 남북 '평화의 길'이 한반도에 평화가 되길 빌며, 나아가 동북아시아의 평화가 되길 기원합니다. 저 풍이는 그런 마음으로 '평화로 가는 길'을 걷겠습니다. 감사합니다.

풍이, 2020. 8. 7

▲Photo by 김주희

P1, A1, 세종길

발대식, 김진향 이사장 축사

반갑습니다.[2]

6.15 남북공동선언 20주년과 10.4 남북정상선언 13주년이 되는 해를 맞아, 올해는 깨어 있는 시민들의 국토대장정에서 '노무현 순례길'을 넘어 '평화로 가는 길'을 걷는다고 하니 더욱 의미 있는 행사가 되는 것 같습니다.

세종길에서 출발해 파주 임진각까지 11일간 진행되는 '평화로 가는 길'에 함께 하지는 못하지만 평화를 염원하고 나누고 싶은 마음만큼은 오늘 출정식에 참석한 여러분들과 함께 할 것입니다.

뜨거운 햇살 아래 진행되는 일정인 만큼 건강관리에 유념하시고 여러분들이 걷는 소중한 한 걸음의 발자취가 한반도 평화의 큰길로 연결되길 기원드립니다. 감사합니다.[3]

김진향, 2020. 9. 24

---

2) 평화로 가는 길 발대식에서 축사를 한 사람은 개성공업지구지원재단의 김진향 이사장이다. 위키백과에 의하면, 김진향(1969~)은 정치학자이자, 북한 전문가인데, 학자 입장에서 북한을 더 자세히 알기 위해 개성공업지구 근무를 자원하여 2008년 2월부터 4년간 개성에서 근무하며, 개성에서 발생하는 세무, 회계, 세금, 임금협상 등을 담당하면서 거의 매일 북한 사람들과 부대끼고 토론하였다고 한다.

3) 깨시국에서 평길 행사를 주최하면서 가장 큰 고민은 기능성 평티를 외부에서 지원받는 것이었다. 이를 듣고 흔쾌히 기능성 평티를 만들어 지원해 준 곳이 개성공업지구지원재단이다. 후일 세종에서 평양까지 누구나 걷는 평길이 만들어 진다면, 개성공업지구지원재단의 도움을 잊지 말아야 할 것이다.

▲▼Photo by 필정 윤영석

P1, A1, 세종길

발대식, 그림으로 보기

▲Photo by 김주희

P1, A1, 세종길

구간 후기, 유명희

평화로 가는 길 제1기가 시작되었습니다. 먼저 이강옥 대장님과 민서희 작가님께 감사드립니다. 코로나19로 인해 유래없이 힘든 환경에서, 평화로 가는 길이라는 정말 가치 있는 행사를 추진하신 것에 경의를 표합니다.

아울러 개성공업지구지원재단에서 후원해 주시고, 김진향 이사장님이 축사하시고 진이와 풍이도 함께하여 정말 뜻깊은 시간이 되었습니다.

평길은, 코로나19로 사람들과의 만남이 꺼려지는 시점에, 많은 분들을 설득하고 이해시키는 노력과 땀방울이 만들어 낸 결실이라 생각합니다.

사람들이 평티를 입고 평산(평길 우산)으로 사회적 거리두기를 하며 걷는 모습은 정말 눈부시도록 아름다운 길이었고, 희망의 길이었고, 행복이 넘치는 길이었습니다

평화에 대한 생각은 서로 다르지만, 평티를 입고 평산을 쓰고 걷는 순간 만큼은 하나의 마음, 하나의 평화였다고 생각합니다. 그리고 그 마음과 그 평화가 임진각, 개성공단을 지나 평양까지 이어질 것이라 확신합니다. 감사합니다.

유명희, 2020. 9. 25

▲▼Photo by 필정 윤영석

P1, A1, 세종길

세종길에 대한 단상

평화로 가는 길은 역에서 출발하여 역을 따라 걷다가 역에서 하루 일과를 마치게 된다.

A코스 1구간인 세종길은 세종시 대통령기록관에서 조치원역까지 이어진 길이다. 그래서 그 출발지를 가져와 세종길이라고 한다.

대통령기록관에서 조치원역까지는 약 14km인데, 세종시에는 아직 지하철이나 지상철이 없다. 그래서 세종길에는 1개의 역만 있을 뿐이다. 아래는 세종길에 있는 주요 장소를 순서대로 적은 것이다.

1. 대통령기록관
2. 정부세종청사
3. 방축천
4. 연기면사무소
5. 조치원역

대통령기록관(大統領記錄管, Presidential archives)은 대통령기록물 관리에 관한 사무를 관장하는 국가기록원의 소속기관으로, 2007년 11월 30일 발족하였다.

대통령기록관은 세종특별자치시 다솜로 250에 위치하고 있으며, 관장은 고위공무원단 나등급에 속하는 일반직, 연구직 또는 임기제공무원이 맡는다.[4]

아래 그림의 오른쪽 뒤쪽에 있는 건물이 대통령기록관이다. 평화로 가는 길 출범식은 그 오른쪽 계단이 있는 광장에서 있었다.

▲Photo by 필정 윤영석

출범식을 하는 광장 앞 도로가 편도 1차로여서 행사차량이 주차할 공간이 마땅치 않았으나, 37쪽 두 번째 그림 안에 있는 차량이, 주차한 곳에 주차하였다. 또한 대통령기록관 정문 건너편에는 주차공간이 있으니 그곳에 주차하면 좋을 것이다. 그리고 대통령기록관 주위에는 화장실이 없어 옷 갈아 입기가 쉽지 않았다.

4) 『위키백과』

정 부세종청사(政府世宗廳舍, Government Complex Sejong)는 행정 중심복합도시로 출범한 세종특별자치시에 위치한 대한민국의 정부 청사이다.

16개 중앙부처와 소속기관 공무원 1만 3,000명 정도 근무하는 정부세종청사의 관리는 대한민국 행정안전부 정부청사관리본부에서 담당한다. 세종특별자치시 어진동에 위치하고 있다.[5]

▲Photo by 김주희

방 축천(防築川)은 세종특별자치시 도심부를 남북으로 관통하는 하천이다. 어진동 일대에 방축천 수변공원이 조성되어 도심지의 인공수로 및 테마하천공원으로서 세종특별자치시의 휴식공간이자 명소로 변화하

5) 『위키백과』

고 있다.

방축천 수변공원의 주요 시설물로는 음악분수, 부조벽화, 왕버들, 수국원, 암석원, 미디어 벽천, 자연석 폭포 등이 있다. 하천을 유지하기 위한 물은 금강에서 공급받으며, 금강물이 아니어도 자연 실개천을 형성한다.[6]

▲Photo by 민서희

연기면(燕岐面)은 세종특별자치시가 출범하면서 기존 남면 지역 일부에 연기리 등 9개의 법정리와 13개의 행정리로 이루어진 지역으로, 면사무소는 세종특별자치시 연기면 당산로 81에 위치하고 있다.[7]

대통령기록관에서 출발하여 정부세종청사에서 기념촬영을 한 후, 방축천을 따라 걷다 보면 1차 휴식 장소인 기쁨뜰 근린공원에 오게 되는데

---

6) 출처: 디지털세종시문화대전
7) 출처: 세종특별자치시 https://www.sejong.go.kr

아쉽게도 화장실이 없었다. 다음 행사 때는 그 왼쪽에 있는 오가낭뜰 근린공원에서 1차 휴식을 하는 것이 좋을 것이다.

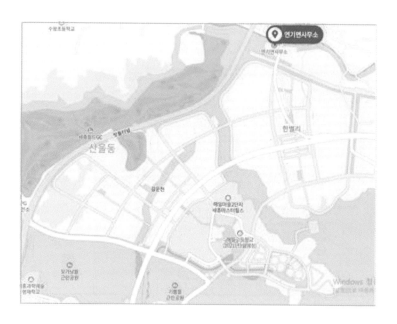

오가낭뜰 근린공원에는 화장실이 있다. 대통령기록관에서 기쁨뜰 근린공원까지가 약 3.3km이고, 다시 2차 휴식장소인 연기면사무소까지가 약 3.3km이다. 면사무소 주차 공간은 넓고, 화장실 또한 냉온수가 나오고 잘 되어있었다. 만일 공휴일이어서 면사무소가 닫혀있을 경우 약 380m 정도 더 직진하면 왼쪽에 농협 하나로마트가 있으니 그곳에서 쉬어가면 된다.

농협 하나로마트 뒤쪽에도 화장실이 있는데, 연기면사무소만큼 깨끗하지는 않다. 하나로마트 주차장 역시 협소하니 하나로마트 못 가서, 길 건너편 마당에 잠시 주차하면 좋을 것이다.

추가로, 기쁨뜰 근린공원 앞에 있는 아파트단지가 마무리 되면, 기쁨뜰 근린공원 오른쪽 끝에 있는 '원수산 MTB 공원 사무소' 에서 1차 휴식하고 그곳 화장실을 들른 다음, 조성습지공원으로 이동하여 하천길을 따라 걷는 코스에 대해서도 검토하면 좋을 것이라 사료된다, 연기면사무소를 지나 조치원역까지 가는 길은 좁고 마땅히 쉴 곳도 없어서 재검토의 필요성이 있다.

조치원역(鳥致院驛, Jochiwon station)은 세종특별자치시 조치원읍 원리에 있는 경부선과 충북선의 철도역이다. 충북선은 조치원역부터 봉양역까지이며 모두 지상 구간으로 이루어져 있다.[8]

▲Photo by 필정 윤영석

---

8) 『위키백과』

P1, A1, 세종길

세종길을 만든 사람들

강혜경, 김오균, 김주희, 김진향, 김홍주, 류경도, 민서희,
박유신, 오홍국, 유명희, 윤미옥, 윤영석, 이강옥, 이병록,
이옥순, 이윤자, 정년옥, 조연길, 진　이, 풍　이.

▲Photo by 필정 윤영석

▲Photo by 민서희

P2

A코스 2구간

조치원길

2020년 9월 25일

평화로 가는 길 제1기, P2 포스터

P2 조치원길 포스터는 아래와 같다.

P2, A2, 조치원길

구간 대장, 김오균

안녕하세요. 평화로 가는 길 제1기, A코스 2구간 대장을 맡은 김오
균입니다.

하늘 길

바다 길

열차 길

육로 길

자전거 길

둘레길
순례길

길은 통하기 위해 열려 있어야 한다.
동방의 작은 땅 한반도는
남과 북의 모든 길이 막혀있다.

반공과 공산당이 싫어요!
세뇌를 받으며 자라온 세대!

그러면서 "우리의 소원은 통일"이라는
노래를 밥 먹듯이 불러온 세대!

다음 세대에게는
더 나은 내일을 물려주어야 한다며
매일 꾸던 꿈!

▲Photo by 김주희

남과 북이 하나 된 조국 대한민국!
평화 통일로 이어진 하나 된 길

그 길에서 서로서로 손잡고
하나 되어 뒹굴며 설움의 한을
털어놓고 소리 내어 울고 웃고 싶은 길!

그 아름다운 꿈의 길!
그 길을 걷고 싶다.
평화로 가는 길을 걷고 싶다.

김오균, 2020. 8. 3

P2, A2, 조치원길

구간 주자, 임재란

안녕하세요, 평화로 가는 길 A코스 2구간 대표주자를 맡은 임재란
입니다.

3년 전 노무현 순례길을 접한 뒤
참여하고 함께하면서 가슴 벅찬
행복함을 얻었습니다.

2020년 제1회 평화로 가는 길!!

그분의 오래된 염원을 담아 또 한 번 행복의 길을 가보려 합니다.
너무나도 좋은 분들과 함께 할 수 있음에 감사합니다.

임재란, 2020. 9. 23

▲Photo by 하은미

P2, A2, 조치원길

조치원길에 대한 단상

평화로 가는 길은 역에서 출발하여 역을 따라 걷다가 역에서 하루 일과를 마치게 된다.

A코스 2구간인 조치원길은 조치원역에서 전의역까지 이어진 길이다. 그래서 그 출발지를 가져와 조치원길이라고 한다.

조치원역에서 전의역까지는 약 15.5km인데, 조치원길에는 총 4개의 역과 개미고개가 있다. 아래는 조치원길에 있는 각 역과 주요 장소를 순서대로 적은 것이다.

 1. 조치원역, 광장
 2. 서창역
 3. 전동역
 4. 개미고개
 5. 전의역, 광장

조치원역(鳥致院驛, Jochiwon station)은 1905년 1월 1일 개통하여 2020년 현재까지 사용되고 있는 역사가 오래된 역이다.

조치원역에서는 일부 새마을 열차와 모든 무궁화호 열차가 정차하는데, 조치원역 주차장은 조치원역을 바라보고 바로 왼쪽에 있다. 조치원역 주차장은 24시간 유료로 운영되고 있으며, 1일 최대 주차요금은 2020년 9월 현재 1만 원이다. 평화로 가는 길 지원차량은 조치원역 왼쪽 유료주차장에 주차한 다음 물품을 옮기는 것이 좋다.

▲Photo by 민서희

서창역(瑞倉驛, Seochang station)은 세종특별자치시 조치원읍 신안리에 있으며 서창리와는 무관하다. 서창역은 경부선과 오송선의 신호장으로 사용되고 있으며 사람을 위해 정차하지는 않는다.

신호장(信號場)은 열차의 교행과 대피만을 위해 설치되는 철도역의 한 종류로 보통 여객이나 화물 취급을 하지 않지만 가끔 여객 취급을 병행하는 경우도 있다.[9]

평화로 가는 길에서는, 2020년의 경우, 서창역에서는 단체 사진을 찍지 않고 그냥 지나쳤다.

전동역(全東驛, Jeondong station)은 세종특별자치시 전동면 노장리에 있는 경부선의 신호장이다. 전동역은 1929년 7월 1일, 배치간이역으로 영업 개시한 이후 보통 역으로도 사용되었으나, 2008년 3월 10일 여객 취급이 중지된 이후 신호장으로만 쓰이고 있다.[10]

▲Photo by 민서희

---

9) 『위키백과』
10) 『위키백과』

평화로 가는 길에서의 전동역은 조치원길의 중간 정도에 위치하고 있다. 그래서 전동역 앞쪽에 있는 식당이나 전동역 옆에 있는 작은 공원에서 점심을 먹고 출발하면 좋다.

점심을 먹고 나서 걷는 길은 오르막길이다. 오르막길의 정상에는 개미고개가 있고 그 개미고개 조금 못 가서 6.25전쟁 당시 UN군으로 참전하여 개미고개에서 싸우다 전사한 미 제24사단 장병들을 추모하는 위령탑이 있는 추모공원이 있다.[11]

위령탑의 이름은 아래 그림과 같이 '자유 평화의 빛'이다. 처음에는 그

▲Photo by 민서희

11) 『유엔군 전적비를 찾아서』 박양호 지음, 서울 2011, 도서출판 화남. 94~99쪽.

림 앞에 있는 큰 기둥이 탑 왼쪽에 있었고 뒤에 있는 벽과 좌우의 군인 조각상은 없었다.

아래 그림은 위령탑 왼쪽에 있는 미 군인 조각상이다.

▲Photo by 민서희

개미고개 전투는 미 제24사단 제21연대가 1950. 7. 9 ~ 7. 12일까지 전의·조치원 지구에 머물면서 북한군 최정예 부대인 제3사단과 제4사단을 맞아 5일간 대치하던 중 적의 남하를 약 3일간 저지한 전투이다. 이 과정에서 미 제24사단 장병 517명이 전사하였다.[12]

---

12) 『유엔군 전적비를 찾아서』 박양호 지음, 서울 2011, 도서출판 화남. 94~99쪽.

머나먼 이역만리 타국에 와서 자유와 평화를 위해 목숨을 마친 미군 장
병들에게 고맙다는 말씀 올리며, 삼가 명복을 빈다.

아래 그림은 전사자의 이름을 새겨 넣은 둘레 벽 중 처음 부분이다.

▲Photo by 민서희

전의역(全義驛, Jeonui station)은 대한민국 세종특별자치시 전의면
에 있는, 한국철도공사 경부 본선의 철도역으로, 하루 11회 무궁화호가
정차한다. [13]

---

13) 『위키백과』

전의역을 바라보고 바로 왼쪽에 주차장이 맞닿아 있으며 주차비는 무료
이다.

평화로 가는 길의 지원차량은 바로 옆 주차장에 주차한 다음 물품을 쉽
게 내리고 실을 수 있다. 화장실은 1층 왼쪽에 있다.

▲Photo by 민서희

P2, A2, 조치원길

조치원길을 만든 사람들

김오균, 김용춘, 민서희, 이병록,
이옥순, 임재란, 정년옥, 하은미.

▲Photo by 민서희

▲Photo by 하은미

P3

A코스 3구간

전의길

2020년 9월 26일

평화로 가는 길 제1기, P3 포스터

P3 전의길 포스터는 아래와 같다.

P3, A3, 전의길

구간 대장, 정년옥

안녕하세요, 평화로 가는 길 A코스 3구간 대장을 맡은, 하얀나비 정년옥입니다.

수도권과 지방 도시에서는 코로나19의 확산으로 인해 여러가지로 힘든 나날을 보내고 계시리라 사료됩니다.

제가 사는 농촌에서는, 한 달이 넘도록 내린 비로 인해 농작물은 다 녹아내리고, 어제 오늘 부는 태풍으로, 여물어가는 벼들이 엎칠까 가슴 조이며 보내고 있답니다.

▲Photo by 이병록

평화!!

생각만으로도 가슴 설레이는 단어입니다. 2030년이 되기 전, 남과
북이 종전선언을 하고 평화협정을 맺는다면 참 좋겠습니다.

그때까지 10년간 평화로 가는 길을 걷다 보면 분명 좋은 일이 있겠지
요!! 저는 그렇게 믿습니다.

▲Photo by 이성진

끝으로, 평화로 가는 릴레이에 초대해 주셔서 감사합니다. 제가 비록 젊은 나이는 아니지만 깨시민으로서 힘찬 발걸음을 함께 하려 합니다.

▲Photo by 이성진

2020년 9월 26일, 토요일 오전 8시 30분, 전의역에서 반갑게 뵙겠습니다. 모두 건강하십시오.

정년옥, 2020. 9. 8

P3, A3, 전의길

전의길에 대한 단상

평화로 가는 길은 역에서 출발하여 역을 따라 걷다가 역에서 하루 일과를 마치게 된다.

A코스 3구간인 전의길은 전의역에서 두정역까지 이어진 길이다. 그래서 그 출발지를 가져와 전의길이라고 한다.

전의역에서 두정역까지는 약 21km인데, 전의길에는 총 4개의 역과 경원사 그리고 천안박물관이 있다. 아래는 전의길에 있는 각 역과 출구 그리고 주요 장소를 순서대로 적은 것이다.

1. 전의역, 광장
2. 경원사
3. 소정리역
4. 천안박물관, 마당 쉼터
5. 천안역, 1번 출구
6. 두정역, 1번 출구

전의역을 바라보고 바로 왼쪽에 주차장이 맞닿아 있으며 주차비는 무료이다. 평길 지원 차량이 바로 옆 주차장에 주차하면 평길 행사에 필요한 물품을 쉽게 내리고 실을 수 있다. 화장실은 역 1층 왼쪽에 있다.

▲Photo by 민서희

경원사(景遠祠)는 전의이씨 시조 이도(李棹)를 모신 사당으로, 세종특별자치시 전의면 유천리에 위치하고 있는데, 왕건이 후백제를 정벌하기 위해 남쪽으로 내려왔을 때, 금강 일대의 호족이었던 이치의 도움으로 금강을 건너 견훤군을 격파할 수 있었고, 이에 왕건은 이치에게 노를 젓다라는 뜻의 도(棹)라는 이름을 내렸으며, 이후 이도는 왕건을 도와 고려 개국 2등 공신이 되어 전의이씨(全義李氏)의 시조가 되었다고 한다.[14]

▲Photo by 이병록

14) 출처: 가야산락도
https://m.blog.naver.com/PostList.nhn?blogId=rise43

전의길 1차 휴식장소는 경원사이다. 전의역에서 경원사까지는 약 2.2km인데, 경원사는 입구에 넓은 공간이 있어 많은 사람이 쉬어가기 좋은데, 화장실이 없는 것이 아쉬운 점이다.

소정리역(小井里驛, Sojeongni station)은 세종특별자치시 소정면 소정리에 있는 경부선의 철도역이다. 주로 컨테이너 및 유류화물을 취급하고 있다. 1906년 1월 20일, 영업이 개시되었고, 2014년 차내발권역으로 지정되었으며, 2017년 7월부터 여객 취급이 중지되었다.[15]

2차 휴식 장소는 소정리역인데, 경원사에서 소정리역까지는 약 6.3km

▲Photo by 민서희

15) 『위키백과』

이다. 차량이 소정리역 광장에 주차할 수는 있지만, 화장실을 사용할 수는 없다. 화장실을 사용하려면 550m 정도 더 가서, 서울 방향에 위치하고 있는 소정면사무소 화장실을 이용하면 된다. 화장실은 면사무소 건물 오른쪽으로 가서 왼쪽 문으로 들어가면 된다.

참고로, 경원사를 출발하여 3.7km 지점에 있는 현대오일뱅크 태산주유소에서 주유하고, 화장실을 사용하길 권한다.

천안박물관(天安博物館)은 충청남도 천안시 동남구에 있는 박물관이다. 본관은 삼거리공원 건너편에 위치하고 있으며, 부지면적은 30.389㎡, 연면적은 6,616㎡(지상3층, 옥외건축물 6동)이다.[16]

▲Photo by 민서희

16) 『위키백과』

천안박물관은 올라가는 서울 방향이 아닌 내려가는 부산 방향에 위치하고 있다. 따라서 적당한 곳에서 왼쪽길로 이동하여 걸어야 한다.

천안박물관 앞마당에는 큰 주차장이 있고 주차비는 무료이다. 그리고 화장실이 주차장 올라가는 오른쪽 낮은 언덕에 있다.

천안역(Cheonan station, 天安驛)은 충청남도 천안시 동남구 대흥동과 서북구 와촌동에 걸쳐 있는 경부선과 장항선의 철도역이다.

동부역사는 경부선 열차가, 서부역사는 장항선 열차와 수도권 전철 1호선 열차가 운행된다. 장항선은 이 역부터 익산역까지 모두 지상 구간이다.[17]

천안역 1번 출구에 주차장이 있는데 유료주차장이다. 평화로 가는 길의 지원차량은 걷는 사람보다 먼저 와서 주차하는 것이 좋다.

▲Photo by 철도산업정보센터

17) 『위키백과』

그리고 천안역이 왼쪽에 있기 때문에 걷는 사람들은 그 전에 왼쪽길을 따라 올라올 필요가 있다.

두 정역(斗井驛, Dujeong station)은 충청남도 천안시 서북구 두정동에 있는 수도권 전철 1호선의 철도역이다. 천안 직결선을 통해 장항선 열차가 합류 및 분기하는 역이다. 천안시에 위치한 대학교들은 이 역 근처에 가장 많이 분포되어 있다.[18]

▲Photo by 민서희

18)   『위키백과』

P3, A3, 전의길

전의길을 만든 사람들

김오균, 류경도, 민서희, 배소연,
이강옥, 이병록, 정년옥.

▲Photo by 류경도

▲Photo by 정년옥

▲Photo by 민서희

▲Photo by 민서희

P4

A코스 4구간

_____

두정길

2020년 9월 27일

평화로 가는 길 제1기, P4 포스터

P4 두정길 포스터는 아래와 같다.

▲Photo by 사무국

P4, A4, 두정길

구간 대장, 류경도

저는 서울에서 사랑하는 아내와 토끼 같은 딸과 함께 살고 있는 류경도(柳坰道)라고 합니다.

제 학창 시절, 한문 선생님께서는 제 이름을 한자로 풀면 들 경(坰), 길도(道)니까 "광활한 대지에 길을 만드는 개척자"라고 말씀해 주셨습니다.

하지만 아쉽게도, 제 삶을 돌아보면 이름값을 하고 살지는 못했던 것 같습니다.

제도권 안에서 남들만큼 평탄한 학업과 사회생활을 이어왔으며, 다행히 사랑하는 가족들과 즐거운 일상을 유지하고 있습니다.

반백 살에 접어든 지난해, 우연히 알게 된 "노무현 순례길"을 며칠간 걸으며 잊고 있었던 제 이름의 뜻을 다시금 되새기게 되었습니다.

그동안 남들이 만들어 놓은 좋은 길만 찾아다니며 살았다는 깨달음이 생긴 것입니다.

그래서 올해부터는 여건이 되는대로 가족과 함께 작은 발걸음이나마 보탤 수 있는 길들을 찾아 걷고, 뛰었습니다.

▲Photo by 민서희

저의 작은 발걸음이 제 딸에게 더 나은 사회를 만들어 준다고 믿기 때문입니다.

그래서 이번에 새로 만들어진 '평화로 가는 길'은 제가 할 수 있는 한 많은 구간을 걸어볼 생각입니다.

평화로 가는 길에 여러분을 초대합니다. 9월 27일 오전 9시 두정역에서 여러분을 기다리겠습니다. 감사합니다.

류경도, 2020. 8. 5

▲Photo by 류경도

▲Photo by 류경도

P4, A4, 두정길

구간 대표주자, 김윤식 & 최영순

37 년 지기 윤식이와 영순이의 출사표입니다.

우리 둘은 파릇파릇한 20대 초반에 만나 이쁜 딸 둘 낳고 이리저리 정신 없이 살다 보니 40년 가까운 세월이 흘렀습니다.

그동안 윤식이는 사업한다고 세상 밖 일만 치러내느라 영순이를 외롭게 만들고 세상살이 모진 풍파 겪도록 만들었습니다.

그래도 윤식이가 뒤늦게 사업 멀리하고 운 좋게도 60 넘은 나이에 월급 쟁이로 변모해서 정해진 월급 꼬박꼬박 가져다주고 또, 받는 재미로 작지만 소박하고 행복한 삶 그리고 안정을 찾아가고 있는 중입니다.

▲Photo by 류경도

특히 주말이면 트래킹도 하고 마라톤 훈련도 꾸준히 한 덕분에 건강도 얻고 삶의 소소한 재미까지 알아가던 중에 '깨어있는 시민들의 국토대장정, 평화로 가는 길' 까지 참여하게 되었습니다.

얼마 전에 영순이가 평화로 가는 길 이벤트가 있다면서 우리 둘이 '두정에서 지제' 까지 참여해보자 하길래 흔쾌히 동의했습니다.

평화로 가는 길!!

이 단어를 읽으며, 윤식이는 이 말에 더 큰 뜻과 의미가 있다는 것을 잘 알고 있지만, 한 가정의 평화를 지키려고 노력하는 것 역시, 전쟁을 피

▲Photo by 민서희

하고 세계의 평화를 지키는 일 못지않게 가치 있는 일이 아닐까 하는 생각을 해봤습니다.

그런 의미에서, 모진 풍파를 견디면서 지금까지 묵묵히 기다려준 영순이에게 이 행사를 빌어 감사한 마음을 전하고 싶습니다. 그 마음으로 힘찬 발걸음을 내디뎌 보려 합니다.

지금까지 40년을 기꺼이 버텨준 순이에게 행복하고 안정적인 40년을 선물하겠다는 의지를 담아서요.

그리고 기회가 된다면 다른 이들과도 이 마음을 나누고 싶습니다. 가족을 사랑하고 지키려는 마음과 행동이 얼마나 소중한 일인지 말입니다.

그리고 그 대가는 자신에게, 가족에게, 친구와 이웃에게 평화를 나누는 작지만 아름다운 일이 될 거라고 믿습니다.

평화로 가는 길!! 함께 동참할 수 있음에 감사드립니다.

김윤식, 2020. 8. 12

▲Photo by 류경도

▲Photo by 류경도

P4, A4, 두정길

두정길에 대한 단상

평화로 가는 길은 역에서 출발하여 역을 따라 걷다가 역에서 하루 일과를 마치게 된다.

A코스 4구간인 두정길은 두정역에서 지제역까지 이어진 길이다. 그래서 그 출발지를 가져와 두정길이라고 한다.

두정역에서 지제역까지는 약 25km인데, 두정길에는 총 5개의 역이 있다. 아래는 두정길에 있는 각 역과 지나가는 출구를 순서대로 적은 것이다. 아래 5개 역은 2020년 11월 현재 모두 사용되고 있다.

1. 두정역, 1번 출구

2. 직산역, 1번 출구

3. 성환역, 1번 출구

4. 평택역, 1번 출구

5. 지제역, 1번 출구

두정역은 출입문이 하나이고 땅 위 고가 옆에 있다. 유료주차장이 두정역 아래에 있으나, 지원차량은 두정역 앞 차도에 잠시 정차하는 것이 좋다. 화장실은 두정역 안에 있다.

▲Photo by 민서희

직산역에는 유료주차장도 있고 그냥 정차할 수 있는 공간도 많이 있다. 다만 화장실은 직산역을 바라보고 왼쪽으로 가서 2층으로 올라가야 한다. 다음 그림은 직산역 사진이다.

▲Photo by 위키백과

아래 그림은 직산역으로 들어 오는 평길 참가자를 직산역을 등지고 찍은 사진이다. 위 그림 왼쪽에 있는 자동차가 아래 그림의 왼쪽에 있는 자동차이다.

▲Photo by 민서희

직산역을 나와 큰 길로 갈 수도 있고 성환천을 따라 북부스포츠센터까지 갈 수도 있다.

▲Photo by 민서희

성환천을 따라 천안시 북부스포츠센터까지 가는 길은 류경도 대장이 사전답사한 덕분에 개척하게 되어 이를 달리 '경도길' 이라고 한다. 아래 그림은 북부스포츠센터 사진이다.

▲Photo by 김오균

아래 그림은 평화로 가는 길 4구간 두정길에 참가한 참가자들이 '경도 길'을 걷고 있는 사진이다.

▲Photo by 이병록

성 환역(成歡驛, Seonghwan station)은 충청남도 천안시 성환읍 성환 리에 있는 경부선의 철도역으로, 인근에 남서울대학교가 있어서 남서울 역으로도 불린다.

성환역에는 무궁화호 열차 일부와 수도권 전철 1호선 열차가 정차한다. 공영주차장이 성환역 1번 출구를 바라보고 왼쪽에 있다. 평화로 가는 길 지원차량이 잠시 정차할 때는 성환역을 바라보고 오른쪽 빈 공간을 사용할 수도 있다.

점심은 성환역 전에 괜찮은 장소에서 해결하는 것이 좋다. 성환역에는 이렇다 할 만한 식당은 없고 포장마차 식당이 전부이다. 맛은 그런대로

괜찮다.

평택역 화장실은 1번 출구 2층에 있다. 평택역 지하에는 지하주차
장이 있지만 주차가 녹록하지 않다.

▲Photo by 민서희

평화로 가는 길 지원차량은 큰 길 오른쪽에 있는 유료주차장을 잠시 사용하는 것이 좋다. 유료주차장 주소는 '경기 평택시 평택동 51-4'이다. 다만 깃발을 보고 주차 거부를 할 수 있다.

그 다음 좋은 장소는 평택동 제2공영주차장이다. 앞쪽에 위치하고 있으니 그곳에 주차하고 평택역으로 와서 일행과 같이 있다가, 함께 출발하여 제2공영주차장까지 같이 가는 것이 좋다.

지제역에서 마칠 때는 1번 출구까지 가는 것보다는 조금 떨어진 인도에서 마치는 것이 좋다. 그래야 단체 사진에 지제역과 간판을 넣을 수 있다. 공영주차장은 1번출구 바라보고 왼쪽에 있다. 지원차량은 조금 일찍 공영주차장으로 이동하여 일행을 맞이하는 것이 좋다.

P4, A4, 두정길

두정길을 만든 사람들

김오균, 김윤식, 김홍주, 류경도, 민서희, 설숙련,
송정화, 이병록, 이성진, 이　훈, 최영순.

▲Photo by 류경도

▲Photo by 이병록

▲Photo by 이성진

P5

A코스 5구간

지제길

2020년 9월 28일

평화로 가는 길 제1기, P5 포스터

P5 지제길 포스터는 아래와 같다.

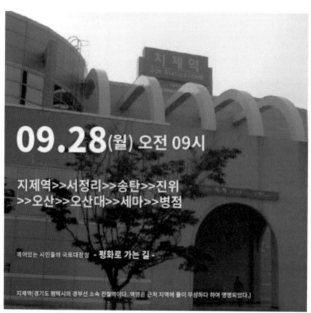

▲Photo by 사무국

P5, A5, 지제길

구간 대장, 김진현

2020년 8월 중순 현재, 50일 넘게 오는 비 소식에 국민들 모두가 가슴 답답한 하루하루를 보내고 있습니다. 우리 회원님들 비피해 없으시고 가내 평안하신지 궁금합니다.[19]

저는 평화로 가는 길 5구간 대장을 맡은 김진현입니다.

2007년 10월 초, 노무현 대통령은 김정일 국방위원장을 만나러 평양으

---

19) 김진현 대장은 개인 사정으로 인해 행사 당일에는 참가하지 못했다. 당시에는 코로나19가 유행하는 기간이었기 때문에 생활방역 차원에서 감기 증상 등 몸에 이상이 있는 사람들은 자발적으로 행사 참가를 하지 않았고 평화로 가는 길 집행부에서도 참가자의 발열 체크를 했으며, 손 소독제를 비치하였고, 참가자 방명록을 작성하였다.

로 향했습니다.

평양으로 가던 도중, 제 기억이 맞는지 모르겠지만, 판문점 38도선의 디딤돌이 된 노란색 선을 노무현 대통령과 권양숙 여사 내외가 손잡고 넘어갔습니다.

TV를 통해 본 그날의 그 일이 제 머릿속에는 영화의 명장면처럼 각인되어 있습니다.

10.4 남북 공동선언 13주년을 맞아 '평화로 가는 길'이라는 걷기 행사가 열리게 된 것에 감사드리며, 저 또한 걸어서 평양으로 가는 그 날을 꿈꾸며 걸으려고 합니다.

9월 28일, 오전 9시, 지제역에서 평화의 바람이 되어 같이 걸으실 분들을 반갑게 뵙겠습니다. 감사합니다.

P5, A5, 지제길

지제길에 대한 단상

평화로 가는 길은 역에서 출발하여 역을 따라 걷다가 역에서 하루 일과를 마치게 된다.

A코스 5구간인 지제길은 지제역에서 병점역까지 이어진 길이다. 그래서 그 출발지를 가져와 지제역이라고 한다.

지제역에서 병점역까지는 약 23.5km인데, 총 8개의 역이 있다. 아래는 지제길에 있는 각 역과 걸을 때 지나가는 출구를 순서대로 적은 것이다.

1. 지제역, 1번 출구
2. 서정리역, 1번 출구
3. 송탄역, 3번 출구
4. 진위역, 1번 출구
5. 오산역, 1번 출구
6. 오산대역, 1번 출구
7. 세마역, 2번 출구
8. 병점역, 1번 출구

지제역(平澤芝制驛, PyeongtaekJije station)은 경기도 평택시 지제동

에 있는 수도권 전철 1호선, 수서고속철도의 철도역이다. 수도권 전철 1호선 역의 부기역명은 한국복지대로, 인근에 한국복지대학교가 있다. SRT는 경부선 상행 8회와 하행 9회, 호남선 상행 4회와 하행 5회가 정차하며 천안아산역으로 이어지는 경부고속선과 합류한다. 2020년 11월 24일, 지제역을 평택지제역으로 변경하였다.[20]

네비게이션에서 지제역이라고 찍고 도착하면 지제역 2번 출구로 가는 경우가 있다. 되도록이면 지제역 1번 출구라고 입력하는 것이 좋다.

지제역 1번 출구 주차장은 유로주차장으로 지제역 앞쪽에 있다. 평화로 가는 길 지원차량은 주차장의 주차요금 내는 곳 바로 직전까지 가서 오

▲Photo by 민서희

20) 『위키백과』

른쪽에 주차한 다음, 좌측 사진에 있는 곳에 물품을 내리면 좋다. 그러면 출발하는 사람들을 금방 따라갈 수 있어서 좋다.

그리고 걷는 사람들도 참가자가 많지 않으면 좌측 사진에서 출발하는 것이 좋다. 그래야 단체 사진을 찍을 때 지제역 전체가 눈에 들어 온다.

서정리역(西井里驛, Seojeong-ri station)은 경기도 평택시 서정동에 위치한 경부선의 철도역이다. 일부 무궁화호와 수도권 전철 1호선 모든 열차가 정차한다. 부역명은 국제대학(國際大學)으로, 인근에 국제대학교가 위치한다.[21]

평화로 가는 길 A코스 3구간인 전의길에는 소정리역이 있다. 역이름이

Photo from 위키백과

---

21) 『위키백과』

비슷하니 주의할 필요가 있다.

송탄역(松炭驛, Songtan station)은 대한민국 경기도 평택시 신장동에 있는 수도권 전철 1호선의 전철역이다.[22)]

송탄역의 화장실은 고가가 있는 3번 출구로 가는 것이 좋다. 평화로 가는 길 지원차량은 고가 옆에 잠깐 세워 놓고 화장실에 갔다 올 수 있다.

진위역(振威驛, Jinwi station)은 경기도 평택시 진위면 하북리에 있는 수도권 전철 1호선의 전철역으로, 2006년 6월 지제역과 함께 개통되었다. 수도권 전철 1호선이 운행하며, 역 광장에는 보호수로 지정된 회화나무가 있다.[23)]

2020 노무현 순례길, Photo by 김주희

22) 『위키백과』
23) 『위키백과』

차량으로 진위역에 갈 때에는 네비에 지제역으로 하지 말고 지제역 1번 출구라고 하길 권한다. 가끔 지제역 뒤쪽 2번 출구로 갈 때가 있다.

진위역은 남쪽으로 내려가는 방향에 위치하고 있다. 그래서 2020 평화로 가는 길에서는 들르지 않고 그냥 지나갔다. 진위역의 주차장은 역을 바라보고 왼쪽에 붙어 있다. 행사 지원차량은 역 앞에 잠시 정차해도 된다. 진위역 광장은 무척 넓다. 화장실은 2층에 있다.

진위역은 지제길의 중간 지점이다. 진위역이나 진위역 조금 못가서 괜찮은 곳이 있다면 그곳에서 점심 식사를 하면 좋다.

점심 식사 후에는, 인원이 많지 않다면, 진위역 삼거리에 있는 '카페 안

◀▲Photo by 민서희

미술관'에서 한 잔의 커피를 시켜놓고 평화에 대해 잠시 생각하는 시간을 갖는 것도 좋을 것이다. 카페는 카페 사장님의 미술 작업 공간이자 카페여서 내부가 마치 갤러리 갔다. 카페 내부 뒤쪽에 화장실이 있다.

오산역(Osan station, 烏山驛)은 경기도 오산시 오산동에 있는 경부선의 철도역이다. 일부 무궁화호와 수도권 전철 1호선 모든 열차가 정차한다.[24]

2020 노무현 순례길, Photo by 김주희

위 그림은 '노무현 순례길 제4기' 때 찍은 사진이다. 사진 뒤로 보이는 좌우로 큰 건물이 오산역이고 사람이 있는 곳이 역 광장이다.

오산대역(烏山大驛, Osan University station)은 경기도 오산시 수청

---

24) 『위키백과』

동에 있는 수도권 전철 1호선의 전철역이다. 인근에는 물향기수목원과 오산대학교가 위치하고 있다. 오산대역은 오산역과 이름이 비슷하여 종종 혼동되기도 한다.[25] 다음 그림은 오산대역의 2번 출구에 찍은 사진이다.

▲Photo by 민서희

아래 그림은 오산대역 1번 출구에서 찍은 사진으로, '노무현 순례길 제4기' 때 찍은 것을 가져왔다.

▲2020 노무현 순례길 중에서, Photo by 김주희

---

25) 『위키백과』

세마역(洗馬驛, Sema station)은 경기도 오산시 세교동에 위치한 수도권 전철 1호선의 전철역이다. 역명은 임진왜란때 독왕산성 싸움에서 권율 장군이 말을 쌀로 씻었다는 것에서 유래하였다.[26]

▲Photo by 이성진

병점역(餅店驛, Byeongjeom station)은 경기도 화성시 진안동에 있는 경부선과 병점기지선의 전철역으로 현재 수도권 전철 1호선이 운행된다. 부기역명은 인근의 한신대학교에서 유래한 한신대이다.[27]

병점역에 도착했는데 병점역이라는 이름이 보이는 곳이 없었다. 병점역

---

26) 『위키백과』
27) 『위키백과』

벽면에 역명을 크게 만들어 놓으면 좋았을 텐데 병점역 건물 높은 곳에만 역명을 만들어 놓다 보니 병점역에서 사진을 찍는 사람들에게는 많은 아쉬움이 있었다.

하루 일과를 마치고 저녁을 먹어야 했는데, 병점역 주변에는 이렇다 할 식당이 없었다. 우연히 찾아간 동네방네식당은 좀 허름해 보이긴 했지만, 맛이 있었고 음식이 빠르게 나왔다.

▲Photo by 민서희

참고로 그 식당은, 병점역을 등지고, 오른쪽 첫 번째 횡단보도 건너편에 있다. 다음날 오전 8시에 다시 가서 아침 식사 되냐고 했더니, 이른 시간임에도 아침을 맛있게 준비해 주었다. 참 감사했다.

P5, A5, 지제길

지제길을 만든 사람들

김오균, 민서희, 설숙련, 이병록, 이소정.

▲Photo by 이병록

▲Photo by 이병록

▲Photo by 이병록

P6

A코스 6구간

병점길

2020년 9월 29일

평화로 가는 길 제1기, P6 포스터

P6 병점길 포스터는 아래와 같다.

▲Photo by 사무국

P6, A6, 병점길

구간 대장, 조인태

무엇보다도 먼저 故 노무현 대통령께서 걸어가셨던 평화로 가는 길에
뒤늦게나마 동참할 수 있어서 기쁘게 생각합니다.

저는 평화로 가는 길 A코스 6구간 대장을 맡은 보부상(조인태)입니다.
평화로 가는 길 A코스 6구간은 병점역에서 시작하여 금정역까지 어어
진 평화의 길입니다.

과거를 돌이켜보면, 남과 북의 정상들이 만나 6·15 남북공동선언과

10 · 4 남북공동선언을 도출해 낸 것은 정말 감격스러운 일이었습니다.

그중, 노무현 대통령이 10.4 남북공동선언을 통해 평화와 번영으로 가는 길을 만들려고 노력하셨는데, 이제 그 뜻을 이어 '걷는 평화로 가는 길'이 만들어지고, 그 평화로 가는 길에서 제가 구간 대장으로서 봉사할 수 있어 너무 기쁩니다.

노무현 대통령의 뜻에 따라 한반도가 전쟁의 위험 속에서 벗어나 남과 북이 평화롭게 공존하는 시대가 올 수 있도록 저의 작은 한 걸음 보태려

▲Photo by 조인태

고 합니다.

평화로 가는 길에 여러분을 초대합니다. 2020년 9월 29일 화요일 오전 9시 병점역에서, 평화로 가는 길에 마중물 역할을 하실 분들을 기다리고 있겠습니다. 감사합니다.

조인태, 2020. 8. 5

▲Photo by 민서희

P6, A6, 병점길

구간 휴식, 킹칸샷 게임

병점길에서는 나병승 참가자가 발명한 킹칸샷 게임을 하며 휴식 시간을 보냈는데, 킹칸샷(King Khan Shot) 게임은 활이나 총을 쏘아 화살이 과녁에 들러붙게 하는 근거리 경기로, 고려와 몽골의 여몽전쟁이 모티브가 되었기 때문에, 킹은 고려 왕을 칸은 몽골 왕을 의미한다고 한다.

킹칸샷 게임은 기본 경기 외에도 약속에 따라 다양한 경기를 만들어 낼수 있다고 하는데, 킹칸샷에 대한 더 많은 정보는 각주에 있는 네이버밴드를 통해 확인할 수 있다.[28]

---

28) 네이버 밴드에 있는 킹칸샷 주소는 아래와 같이 두 가지이다.
https://band.us/@kshot
https://band.us/band/80816253

P6, A6, 병점길

병점길에 대한 단상

평화로 가는 길은 역에서 출발하여 역을 따라 걷다가 역에서 하루 일과를 마치게 된다.

A코스 6구간인 병점길은 병점역에서 금정역까지 이어진 길이다. 그래서 그 출발지를 가져와 병점길이라고 한다.

병점역에서 금정역까지는 약 22.5km인데, 병점길에는 총 9개의 역이 있다. 아래는 병점길에 있는 각 역과 걸을 때 지나가는 출구를 순서대로 적은 것이다.

1. 병점역, 1번 출구
2. 세류역, 1번 출구
3. 수원역, 1번 또는 4번 출구
4. 화서역, 1번 출구
5. 성균관대역, 1번 출구
6. 의왕역, 1번 출구
7. 당정역, 2번 출구로 들어가서 3번 출구로 나감
8. 군포역, 1번 출구
9. 금정역, 7번 출구

병점역은 2020년 9월 현재, 병점역 간판이 보이는 곳에서 기념 사진 찍을 곳이 없었다. 참 안타깝게도 다음 그림에서 보듯 어디에서 찍은 사진인지 알 수 없는 상태로 기념 사진 촬영을 해야 했다.

경기 수원 병, 권칠승 국회의원과 보좌관 두 분이 응원하러 나와주어서 고마웠다. 세 분 모두 평티(평화로 가는 길, 단체 티셔츠)로 갈아 입고 함께 기념 촬영을 하였다. 그때 "병점역에는 기념촬영 할만한 장소가 없습니다. 멋진 병점역 간판이 만들어질 수 있도록 하여 주시면 감사하겠습니다." 라고 말씀을 드렸다.

내년에는 멋진 병점역 간판 아래에서 기념촬영을 했으면 좋겠다.

평화로 가는 길 지원차량은 병점역 1번출구 오른쪽에 있는 유료주차장

▲Photo by 민서희

을 이용하면 좋다. 일요일과 국가 지정 휴일에는 무료이다. 그리고 병점역 화장실은 2층에 있다.

세류역(細柳驛, Seryu station)은 경기도 수원시 권선구 장지동에 위치하고 있는 수도권 전철 1호선의 철도역이다. 인근에 수원공군기지가 있다.[29]

세류역 오른쪽에는 주차장을 만들려고 공사를 하다 중단된 상태의 건물이 있을 뿐 따로 주차장이 없다. 평길 지원차량은 좀 일찍 출발하여, 세류역이 부산가는 방향에 있기 때문에, 세류역을 지나 유턴한 다음 세류역 입구 택시 정차하는 곳 조금 못가서 적당한 곳에 잠깐 정차하는 것이 좋다. 그리고 세류역 화장실은 1층 입구 들어가 바로 왼쪽에 있어서 사용하기 편리하다.

▲Photo by 민서희

29) 『위키백과』

수 원역(水原驛, Suwon station)은 경기도 수원시 팔달구 매산로1가에 있는 경부선, 분당선, 수인선의 철도역이다. 전철은 수도권 전철 1호선이 경부선에서, 수도권 전철 수인분당선이 분당선과 수인선에서 운행된다.[30]

현재의 역사는 민자역사로서 AK플라자 수원점이 영업 중이다. 새마을호, 무궁화호를 포함한 모든 여객 열차가 정차하며, 2010년 11월 1일부터는 KTX도 하루 왕복 4편성으로 정차하고 있다.[31]

▲Photo by 민서희

평길 지원차량의 경우 주차가 쉽지 않다. 그나마 여러 여건을 감안했을 때 AK플라자 유료주차장에 주차하는 것이 좋다. 썬루프에 깃발을 한 경우에는 깃발을 내려야 하는 단점이 있고 주차를 위한 소요시간이 많이 든다는 점 역시 단점이다. 주차를 하기 위해서는 걷는 일행보다 먼저

30) 『위키백과』
31) 『위키백과』

와서 주차를 한 다음 1번 출구나 4번 출구에서 일행을 기다리는 것이 낫다. 주차요금은 서울에 비해 반값 정도이다. 그리고 수원역 화장실은 2층에 있다.

화서역(華西驛, Hwaseo station)은 경기도 수원시 팔달구 화서동에 있는 수도권 전철 1호선의 전철역이다. 향후 신분당선 연장선이 개통하면 환승역이 될 예정이라고 한다.[32]

병점길에서의 짐심 식사는 화서역 부근이나 화서역 조금 못 가서 적당한 곳에서 하는 것이 좋다. 화서역이 대로 건너편 왼쪽에 자리잡고 있기 때문에 건너가지는 않고, 길 건너에서 화서역을 배경 삼아 기념 촬영만 하였다.

▲Photo by 민서희

32) 『위키백과』

화서역 주차장은 올라가는 서울방향에 있다.

성균관대역(成均館大驛, Sungkyunkwan University station)은 경기도 수원시 장안구 율전동에 있는 경부선의 전철역으로, 수도권 전철 1호선 이 운행된다. 처음에는 율전역(栗田驛)이었으나, 인근 성균관대학교 자연과학캠퍼스의 요청으로 역명이 변경되어 오늘에 이르고 있다.[33]

▲Photo by 민서희

의왕역(義王驛, Uiwang station)은 경기도 의왕시 삼동에 있는 경부 선과 남부화물기지선의 철도역이다. 부기역명은 한국교통대학교이다. 주된 업무는 화물열차 및 수도권 전철 1호선 여객 취급이다.[34]

평길에서는 서울방향으로 걷는 것이니까, 군이 의왕역까지 가지 않고,

---

33) 『위키백과』
34) 『위키백과』

▲Photo by 민서희

부곡체육공원에서 쉬고 그곳 화장실을 이용하는 것도 한 방법이라고 생각된다. 꼭 모든 역을 다 들려야 하는 것은 아니다.

당 정역(堂井驛, Dangjeong station)은 경기도 군포시 당정동에 있는 수도권 전철 1호선의 전철역이다. 부기 역명은 한세대이다.[35]

당정역은 2번 출구로 들어가서 화장실 들렸다가 3번 출구로 나와 역 앞에 있는 당정근린공원에서 쉬면 좋다. 평길 지원차량은 걷는 일행보다 먼저 3번 출구 앞 당정 근린공원 옆에 있는 주차장에 주차하는 것이 좋다. 주차비는 유료이다. 당정 근린공원에는 평길에서 처음 만나는 평화의 소녀상이 있다. 이곳에 잠시 머무르며 평

▲Photo from 은하수TV

---

35) 『위키백과』

화에 대해 다시 생각해보는 것도 도움이 될 것이다.

군포역(軍浦驛, Gunpo station)은 경기도 군포시 당동에 있는 수도권 전철 1호선의 철도역이다. 과거에는 통일호가 정차하는 기차역이었고 그 흔적이 지금도 남아 있다. 부역명은 지샘병원이다.[36)]

군포역 앞에는 11m 높이의 항일만세운동기념탑이 있다. 이곳에서 잠시나마 조국의 독립과 자유 그리고 평화를 외쳤던 분들에게 묵념하고 추념하는 시간을 갖는 것도 좋을 것이다.

▲Photo by 조인태

금정역(衿井驛, Geumjeong station)은 경기도 군포시 금정동과 산본동에 있는 수도권 전철 1호선과 수도권 전철 4호선의 환승역이다.

---

36) 『위키백과』

수도권 전철 1호선 최초 개통 당시에는 영업하지 않았으나, 안산선 개통과 동시에 영업을 개시하였다. 수도권 전철 4호선은 이 역부터 오이도역까지 지상 구간으로 펼쳐져 있다.[37]

금정역에는 총 8번 출구까지 있다. 평길 지원차량은 6번 출구 쪽에 있는 공영주차장 입구로 들어와, 7번 출구 쪽 끝까지 이동하여 주차하면 쉽게 물품을 오르내릴 수 있다. 금정역 화장실은 멀리 있으니 계단을 올라가 이동해야 한다.

금정역 7번 출구 주위에는 음식점이 많이 있다. 뒤풀이를 원하는 사람끼리 좋은 시간을 보내면 좋을 것이다.

▲Photo by 민서희

---

37) 『위키백과』

P6, A6, 병점길

병점길을 만든 사람들

김오균, 김용춘, 나병승, 민서희, 설숙련,
이병록, 임영빈, 조인태, 진혜원.

▲Photo by 조인태

▲Photo by 조인태

▲Photo by 조인태

▲Photo by 조인태

▲Photo by 조인태

▲Photo by 조인태

▲Photo by 조인태

▲Photo by 조인태

▲Photo by 조인태

P7

A코스 7구간

금정길

평화로 가는 길 제1기, P7 포스터

P7 금정길 포스터는 아래와 같다.

▲Photo by 사무국

P7, A7, 금정길

구간 대장, 최유림

안녕하세요. 평화로 가는 길, A코스 7구간 금정길을 함께 걷게 된 최유림입니다.[38]

추석 전날이고 코로나로 인해 도심을 걷는다는 게 심적으로 괜찮을까 생각했지만, 그래도 걸으면서 '거리두기'를 하고 '평화'를 생각한다면

---

38) 최유림 대장은 개인 사정으로 인해 행사 당일에는 참가하지 못했다. 당시에는 코로나19 방역을 위해 감기 기운이 있거나 몸이 안 좋은 상태에 있는 사람들은 되도록 참가하지 않아야 한다는 암묵적 약속이 있었다.

걱정할 게 없다고 생각했습니다.

5월의 '노무현 순례길'을 걸으면서, 생각했던 것을 '평화로 가는 길'
을 통해 '파란 바람'을 느끼며 생각하고 걸으려 합니다.

함께 걷는다는 것!
함께 이야기 한다는 것!
함께 사람을 만나는 것!!

이 모든 것이, 평화로 가는 길을 향해 가는, 길의 목적이라 생각합니다.
9월 30일 오전 9시 금정역에서 뵙겠습니다. ♥

▲Photo by 홍성미

P7, A7, 금정길

금정길에 대한 단상

평화로 가는 길은 역에서 출발하여 역을 따라 걷다가 역에서 하루 일과를 마치게 된다.

A코스 7구간인 금정길은 금정역에서 국회의사당까지 이어진 길이다. 그래서 그 출발지를 가져와 금정길이라고 한다.

금정역에서 국회의사당까지는 약 20.5km인데, 총 11개의 역과 KBS 본관 그리고 국회의사당이 있다. 아래는 금정길에 있는 각 역과 걸을 때 지나가는 출구를 순서대로 적은 것이다.

1. 금정역, 7번 출구
2. 명학역, 1번 출구
3. 안양역, 1번 출구
4. 관악역, 1번 출구
5. 석수역, 1번 출구
6. 금천구청역, 1번 출구
7. 독산역, 1번 출구
8. 가산디지털단지역, 4번 출구
9. 구로역, 3번 출구 앞 광장
10. 신도림역, 1번 출구

11. 영등포역, 3번 출구

12. KBS 본관

13. 국회의사당

금 정역은 수도권 전철 1호선과 4호선이 지나가기 때문에 출구가 8개나 있다. 금정길 출발 장소는 8개의 출구 중 공간이 넉넉하고 바로 옆에 공영주차장이 있는 7번 출구이다.

평길 지원차량은 6번 출구 쪽에 있는 공영주차장 입구로 들어와 7번 출구 쪽까지 이동하여 주차하면, 물품을 오르내리기 용이하다. 그리고 7번 출구 주위에는 아침 일찍 문 여는 식당이 여럿 있으니 일찍 오는 참가자들은 이곳에서 아침 식사를 하면 좋을 것이다.

▲Photo by 민서희

명학역(鳴鶴驛, Myeonghak station)은 경기도 안양시 만안구에 위치한 수도권 전철 1호선의 전철역이다. 부역명은 성결대학교(聖潔大學校)로, 인근에 성결대학교가 위치하고 있다.[39]

안양역(安養驛, Anyang station)은 경기도 안양시 만안구 안양동에 있는 경부선의 철도역이다. 일부 무궁화호와 수도권 전철 1호선의 모든 열차가 정차한다. 역은 엔터식스 2층 통로와 연결되어 있으며 인근에 대림대학교, 연성대학교, 안양대학교, 안양1번가, 이마트 안양점 등이 있다. 향후 월곶~판교선이 개통되면 환승역이 될 예정이다.[40]

▲Photo by 이병록

---

39) 『위키백과』
40) 『위키백과』

관
악역(冠岳驛, Gwanak station)은 경기도 안양시 만안구 석수동에 위치한 수도권 전철 1호선의 전철역이다. 1974년 8월 15일에 수도권 전철 1호선의 개통과 함께 개시했으며, 역명은 인근의 관악산에서 따온 것으로, 서울시 관악구와 직접적 관련이 없다. 부기역명은 안양예술공원이고, 인근에 안양유원지가 있다.[41]

석
수역(石水驛, Seoksu station)은 경기도 안양시 만안구 석수동에 있는 수도권 전철 1호선의 전철역이다.

▲Photo by 이병록

역의 위치는 서울특별시 금천구 시흥동과 가깝지만, 역사의 공식적인 위치가 경기도 안양시에 있는 관계로 서울 시내용 수도권 전철 정기권

---

41) 『위키백과』

사용이 불가하다. 신안산선이 생기면 이 역이 서울 최남단역이 될 예정이고, 급행도 정차할 예정이다.[42]

평길에는 역을 따라가는 역코스와 천을 따라가는 천코스가 있다. 석수역에서 금천구청까지는 석수역 2번 출구로 나가 안양천을 따라 걷다 금천구청역 뒤쪽으로 들어가는 것이 더 빠르다.

석수역 2번 출구로 나가 안양천을 따라 걷다 금천구청역 뒤쪽으로 들어가는 길을 제안하고 걸은 사람은 백암 김오균이다. 그래서 이 하천코스를 백암길이라고 한다.

▲Photo by 이병록

금 천구청역(衿川區廳驛G eumcheon-gu Office station)은 서울특별

---

42) 『위키백과』

시 금천구 시흥동에 있는 수도권 전철 1호선의 철도역이다.

1908년 4월 1일 처음 개통할 때는 시흥역(始興驛)이었는데, 경기도 시흥시에 있는 역으로 오해되는 등의 문제가 있던 중, 역 앞에 금천구청이 들어서자, 2008년 12월 29일 금천구청역으로 변경하였다.[43]

금천구청역 화장실은 1번출구 왼쪽에 있으며, 길 건너편에 있는 금천구청에서는 1년 365일 화장실을 개방하고 있으니, 이곳을 사용하는 것도 좋다.

▲Photo by 민서희

아래 사진은 금천구청역 뒤쪽에서 금천구청을 찍은 사진이다. 왼쪽 중간에 태극기가 있는 건물이 금천구청 건물이다.

---

43) 『위키백과』

독 산역(禿山驛, Doksan station)은 서울특별시 금천구 가산동과 독산동에 걸쳐 위치한 수도권 전철 1호선의 전철역이다. 부기역명은 하안동입구이다. 이는 인근 안양천을 경계로 경기도 광명시 하안동과 매우 가까이 인접하고 있기 때문인데, 이전에는 역명판에도 표기되어 있었지만 교체된 역명판에는 표기되어 있지 않다.[44]

▲Photo by 함도현

---

44) 『위키백과』

가산디지털단지역(加山디지털團地驛, Gasan Digital Complex station)은 서울특별시 금천구 가산동에 있는 수도권 전철 1호선과 서울 지하철 7호선의 환승역이다. 1974년 처음 역을 개통할 당시에는 역 일원이 영등포구 가리봉동에 속하여 있었기 때문에 가리봉역(加里峰驛)이었다.

이후 1995년 행정 구역 금천구 가산동으로 분할된 이후에도 가리봉역은 계속 유지되었으나, 역 주위가 디지털정보통신산업 중심지로 변화함에 따라 2005년 7월 1일에 가산디지털단지역으로 역명을 변경하였다. [45]

▲Photo by 민서희

로역(九老驛, Guro station)은 서울특별시 구로구 구로동에 있는

---

45) 『위키백과』

수도권 전철 1호선의 전철역이다. 수도권 전철 1호선이 운행되며 이 역에서 구로차량사업소로 향하는 구로기지선이 나누어진다.[46]

구로역의 아쉬운 점은 주차장이 없다는 것이다. 구로역 뒤쪽 1번 출구에는 주차장이 있는데, 지원차량이 주차하기에는 무리가 있다. 그냥 길가에 잠시 정차하는 것이 좋겠다는 생각이다. 유치원 셔틀버스도 구로역 광장 앞 유턴하는 곳 조금 앞, 아래 사진이 보이는 곳 큰 길 옆에 정차하곤 한다.

▲Photo by 민서희

구로역 광장에는 평길에서 두 번째로 만나는 평화의 소녀상이 있으니, 그곳에서 평화에 대해 다시 생각하는 시간을 가져보는 것도 좋을 것이다.

구로역에 있는 평화의 소녀상 위치는 다음 페이지에 있는 두 번째 그림

---

46) 『위키백과』

▲Photo by 이병록

▲Photo by 김영민

을 통해 확인할 수 있을 것이다.

구로역 화장실은 구로역 2층에 있는데, 구로역 광장에서 화장실까지는 생각보다 가까운 거리가 아니다. 하여 구로역 광장에서 화장실에 갈 때는, 구로역을 바라보고 왼쪽에 있는 스타팰리스오피스텔 1층에 있는 화장실을 사용하면 시간을 절약할 수 있다.

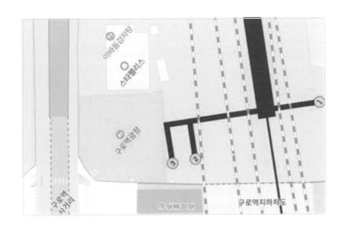

신도림역(新道林驛, Sindorim station)은 서울특별시 구로구 신도림 동에 있는 수도권 전철 1호선과 서울 지하철 2호선, 서울 지하철 2호선 신정지선의 환승역이다.

▲Photo by 유명희

서울 지하철 2호선, 본선은 신도림역부터 영등포구청역까지, 신정지선은 신도림역부터 까치산역까지가 지하 구간이다.[47] 구로역에서 신도림역까지는 약 1.3km로 그리 멀지 않기 때문에 평화로 가는 길에서는 그냥 지나가도 된다.

영등포역(永登浦驛, Yeongdeungpo station)은 서울특별시 영등포구 영등포동에 있는 경부선의 철도역이며, 수도권 전철 1호선의 전철역이다. 서울특별시의 중추 역 중 하나로, 서울 서남권의 수요를 담당한다.[48]

▲Photo by 민서희

역 건물은 롯데건설이 건설한 민자역사로, 역사 내에 롯데백화점이 있다. 추후 신안산선이 개통되면 환승역이 될 예정이다.

---

47) 『위키백과』
48) 『위키백과』

평길 지원차량이 주차하기에 영등포역은 좀 어려움이 있는 곳이다. 걷는 일행보다 일찍 와서 역사 안에 있는 유료주차장에 주차하는 것이 좋고, 잠시 정차하는 것이라면 아래 사진을 찍은 장소의 대로에 정차하는 것이 좋다. 역 화장실은 2층에 있다.

한국방송공사(韓國放送公社, KBS, Korean Broadcasting System)는 대한민국 대표 공영방송으로, 본사는 서울특별시 영등포구 여의공원로 13에 위치하고 있다.[49]

▲Photo by 민서희

위 사진은 2020년 7월, 걷는 유라시아길을 만들기 위해 먼저 가능한, 대

---

49) 『위키백과』

한민국 바탕길 중 일부인 서울과 경기지역을 답사하던 중 KBS 본관 앞에서 찍은 사진이다. 대한민국 바탕길은 부산역에서 도라산역까지인데, 평화로 가는 길을 조금 확장하면 대한민국 바탕길이 되고, 더 확장하면 유라시아길이 된다. 걷는 유라시아길은 대한민국 부산에서 영국 에든버러까지 이어진 길이다.

국회의사당(國會議事堂, National Assembly)은 대한민국의 국회의원들이 모여 회의를 하고 법을 만드는 곳으로, 도로명 주소는 서울특별시 영등포구 의사당대로 1이고, 지번 주소는 여의도동 1번지이다.[50]

▲Photo by 민서희

---

50) 『위키백과』

P7, A7, 금정길

금정길을 만든 사람들

김영민, 김오균, 민서희, 유명희, 이병록, 홍성미.

▲Photo by 김영민

▲Photo by 이병록

P8

A코스 8구간

국회길

평화로 가는 길 제1기, P8 포스터

P8 국회의사당길 포스터는 아래와 같다.

▲Photo by 사무국

P8, A8, 국회의사당길

구간 대장, 김오균

▲Photo by 김영민

하늘 길

바다 길

열차 길

육로 길

자전거 길

들레길

순례길

길은 통하기 위해 열려 있어야 한다.

평화로 가는 길
그 아름다운 꿈의 길!
반 세기 넘는 동안 굽어진 길

▲Photo by 김오균

이제 다시 펴서 하나로 연결되어
수 천년 민족의 혼이 다시 살아
꿈틀거리는 길!

이제 다시 펴서 하나로 연결되어
수 천년 민족의 혼이 다시 살아
꿈틀거리는 길!

통일로 가는 이 길에

믿음과 소망의 꽃을 활짝 피워

평화의 꽃다발을 한 아름씩

서로서로 안겨주며

소리 높여 불러보자!

대한민국 만세!~~~~

김오균, 2020. 8. 3

▲Photo by 김오균

P8, A8, 국회의사당길

국회의사당길에 대한 단상

평화로 가는 길은 역에서 출발하여 역을 따라 걷다가 역에서 하루 일과를 마치게 된다.

A코스 8구간인 국회의사당길은 국회의사당역에서 광화문 이순신 동상 앞까지 이어진 길이다. 그래서 그 출발지를 가져와 국회의사당길이라고 한다.

국회의사당에서 광화문까지는 약 13km인데, 총 12개의 역과 남대문 그리고 서울시청이 있다. 아래는 국회의사당길에 있는 각 역과 걸을 때 지나가는 출구를 순서대로 적은 것이다.

1. 국회의사당역, 3번 출구
2. 신길역, 2번 → 1번 출구
3. 대방역, 3번 → 2번 출구
4. 노량진역, 6번 → 3번 출구
5. 노들역, 1번 → 2번 출구
6. 용산역, 1번 출구
7. 신용산역, 6번 출구
8. 삼각지역, 3번 → 14번 → 12번 → 11번 출구
9. 숙대입구역, 6번 → 3번 → 1번 출구

10. 서울역, 12번 → 10번 → 9번 → 7번 → 4번 출구

11. 남대문(숭례문, 崇禮門)

12. 서울시청역, 7번 → 5번 출구

13. 광화문역, 5번 출구 → 이순신장군 동상 앞

국 회의사당에 도착할 때는 국회의사당이 바라보이는 정문쪽으로 가지만, 국회의사당에서 출발할 때는 국회의사당역 3번 출구에서 모였다 출발하는 것이 좋다.

▲Photo by 민서희

도착할 때는 위와 같이 국회의사당 정면으로 가지만, 출발할 때는 다음 그림과 같이 국회의사당역 3번 출구에서 모이는 것이 좋다.[51]

---

51) 다음 그림은 알로이시오길 A코스 2구간의 시작점인 국회의사당 3번 출구에서 출발할 때 찍은 사진이다.

▲Photo by 김주희

그 이유는 국회의사당으로 가는 6번 출구에서 모이는 것보다는 3번 출구에서 모이는 것이 여러모로 장점이 있기 때문이다.

먼저 6번 출구에는 없는 나무 그늘이 있고, 작은 공원 같은 분위기와 여러 개의 긴 의자가 있어서 작은 책상을 그 의자 앞에 놓으면 참가자 접수하는 데 편리하고, 평길 지원차량을 잠시 정차한 다음 물품을 오르내리기에도 좋다. 그리고 지하에 있는 화장실 가는 것도 국회의사당 앞쪽보다 더 유리하다.

국회의사당을 출발해 KBS 본관을 지나 신길역으로 가는 도중에 여의도 샛강생태문화다리를 지나게 된다.

▲Photo by 김영민

신길역(新吉驛, Singil station)은 서울특별시 영등포구 신길동과 영등포동1가에 있는 수도권 전철 1호선과 수도권 전철 5호선의 환승역이다.⁵²⁾

신길역(新吉驛, Singil station)은 서울특별시 영등포구 신길동과 영등포동1가에 있는 수도권 전철 1호선과 수도권 전철 5호선의 환승역이다.[52]

▲Photo by 김영민

---

52) 『위키백과』

대방역(大方驛, Daebang station)은 서울특별시 영등포구 신길동 및 동작구 대방동에 걸쳐있는 수도권 전철 1호선의 전철역이다. 1974년 8월 15일 처음 개통할 당시, 관악구 대방동에 속했기 때문에 역이름이 그렇게 정해졌다. 앞으로 2022년 서울 경전철 신림선이 개통되면 환승역이 될 예정이다.[53)]

노량진역(鷺梁津驛, Noryangjin station)은 서울특별시 동작구 노량진동에 있는 수도권 전철 1호선과 서울 지하철 9호선의 환승역이다.[54)]

▲한강대교, Photo by 김영민

53) 『위키백과』
54) 『위키백과』

노들역(노들驛, Nodeul station)은 서울특별시 동작구 본동에 위치하고 있는 서울 지하철 9호선의 기차역이다. 노들역에서는 일반 열차만 정차한다.[55]

노들역과 용산역 사이에는 한강대교가 있고, 중간쯤에 노들섬이 있다.

용산역(龍山驛, Yongsan station)은 서울특별시 용산구 한강로3가에 있는 경부선과 경원선의 철도역으로 호남선, 전라선, 장항선 일반 열차와 KTX가 출발하는 역이다. 공식적으로는 경부선 상의 역이지만 경부선 계열 열차들은 전부 이 역을 통과하며 이 역에 정차하는 열차들은 전부 호남선 계열 열차들이다.[56]

▲Photo by 김영민

---

55) 『위키백과』
56) 『위키백과』

신용산역(新龍山驛, Sinyongsan station)은 서울특별시 용산구 한강대로에 있는 수도권 전철 4호선의 전철역이다.[57]

삼각지역(三角地驛, Samgakji station)은 서울특별시 용산구 한강로1가에 있는 수도권 전철 4호선과 서울 지하철 6호선의 환승역이다.[58]

▲Photo by 김영민

숙대입구역(淑大入口驛, Sookmyung Women's University station)은 서울특별시 용산구 한강대로에 위치한 수도권 전철 4호선의 전철역이

---

57) 『위키백과』
58) 『위키백과』

다. 병기역명은 갈월역(葛月驛)이다.[59]

서울역(서울驛, Seoul station)은 서울특별시 용산구와 중구에 위치한 철도역이다. 경부선과 경의선이 이 역을 기점으로 뻗어 있으며, 경부고속철도와 경부선 계통의 열차가 출발하는 중추역의 역할을 하고 있다.

서울역 동부에는 수도권 전철 1호선과 4호선이, 서부에는 인천국제공항철도가 지하로 통과하고 있다.

▲Photo by 김오균

서울역의 현 건물은 2003년에 개장한 민자역사이며, 옛 건물은 '문화역

---

59) 『위키백과』

서울 284' 라는 이름으로 보존되어 있다.[60]

남대문(南大門)은 조선 초기부터 숭례문(崇禮門)을 다르게 부른 별
명인데, 숭례문은 조선의 수도였던 한양의 4대문(大門) 중 하나로 남쪽
에 있는 대문이다.[61]

남대문까지 오면 땅 위로는 더 이상 갈 수 없다. 오른쪽으로 조금 가면
지상으로 가는 지하 통로가 나온다.

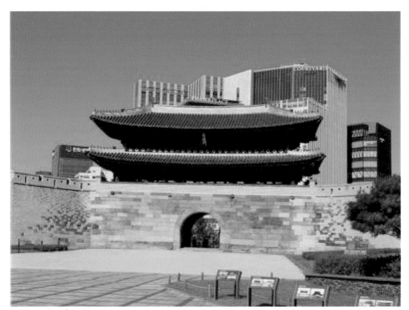
▲Photo by 김오균

---

60) 『위키백과』
61) 『위키백과』

▲Photo by 김오균

서울시청역은 서울시청 앞에 있기 때문에 흔히 시청역(市廳驛, City Hall station)이라고 불리고 있다.

▲Photo by 김오균

시청역의 위치는 대한민국 서울특별시 중구 태평로1가와 태평로2가와 정동과 서소문동에 걸쳐 있다. 시청역은 수도권 전철 1호선과 서울 지하철 2호선이 지나는 환승역이다.[62]

▲Photo by 김오균

광화문역(光化門驛, Gwanghwamun station)은 서울특별시 종로구 세종로에 있는 수도권 전철 5호선의 지하철역이다. 병기역명은 세종문화회관역(世宗文化會館驛)이다.[63]

---

62) 『위키백과』
63) 『위키백과』

▲Photo by 김영민

하루 일과가 끝나는 시간에는, 광화문 대로변에 지원차량을 주차할 곳
이 없다. 세종문화회관 지하 유료주차장 입구가 세종문화회관 뒤쪽에
있으니, 그 입구 오른쪽에 잠시 정차하는 방법이 있다. 만일 오랜 시간
차를 주차해야 할 경우에는 세종문화회관 지하 유료주차장에 주차하는
것이 좋다.

하루 걷기가 모두 끝나고 뒤풀이를 할 때에는 가까운 세종문화회관 주
위나 약간 떨어져 있는 피맛골 등에서 할 수 있을 것이다.

P8, A8, 국회의사당길

국회의사당길을 만든 사람들

김오균, 김용춘, 민서희, 설숙련, 이강옥, 이병록, 차지영.

▲Photo by 김영민

▲Photo by 김영민

P9

B코스 1구간

광화문길

2020년 10월 2일

평화로 가는 길 제1기, P9 포스터

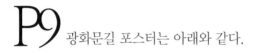 광화문길 포스터는 아래와 같다.

▲Photo by 사무국

P9, B1, 광화문길

구간 대장, 유명희

우리 모두 함께하면 평화의 길을 만들 수 있습니다. 저는 함께라는 말을
참 좋아합니다. 또 함께라는 말을 들으면 눈물도 납니다.

가슴이 먹먹해지기도하는 그리운 단어이기도 합니다. 평화로 가는길,
전쟁 없는 평화의 날, 축제의 날을 만들어 보자는 말을 듣고, 듣는 것 만
으로도 설레이고 가슴이 벅차올랐습니다.

코로나19가 한달 두달 그리고 반년 이상 이어지면서 사람들이 300명 넘
는 사망자가 나왔고, 확진자도 늘어만 갔습니다.

엎친데 덮친격으로, 긴 장마와 태풍까지 오는 바람에, 희망을 품기보다 스스로 나약해지고 아무것도 하고 싶지 않은 무력감이 나를 사로잡고 있던 중 '함께' 라고 쓰여있는 평화로 가는 길 티가 도착했습니다.

이 평티(평화로 가는 길 티)를 보는데 갑자기 가슴이 뜨거워 지면서 벅차올랐습니다. 그래 지금이라도 시작해보자!! 다시 희망가지고 걸어보자 하는 생각이 들었습니다.

▲Photo by 유명희

10월 2일, 9구간이 명절 연휴기간이라 여기저기서 눈치를 주기도 하겠지만 마음을 한곳에 두고, 광화문에서 행신까지 '평화로 가는 길'과 함께 하려합니다.

9구간은 3명이 신청하여 단촐하게 걸을 거 같습니다. 혹시 이 글을 보고 함께하고 싶은 분은 10월 2일, 낮 12:30분, 광화문 이순신 동상 앞에서 뵙겠습니다. 감사합니다.

유명희, 2020. 9. 15

▲Photo by 김영민

위 사진은 P11에서 찍은 것이다

P9, B1, 광화문길

구간 대표주자, 김공주의 그림 출사표

P9, B1, 광화문길

광화문길에 대한 단상

평화로 가는 길은 역에서 출발하여 역을 따라 걷다가 역에서 하루 일과를 마치게 된다.

B코스 1구간인 광화문길은 광화문 이순신 동상 앞에서 행신역까지 이어진 길이다. 그래서 그 출발지를 가져와 광화문길이라고 한다.

광화문역에서 행신역까지는 약 16.5km인데, 총 12개의 역이 있다. 아래는 광화문길에 있는 각 역과 걸을 때 지나가는 출구를 순서대로 적은 것이다.

1. 광화문역, 이순신장군 동상 앞
2. 서대문역, 4번 → 1번 출구
3. 충정로역, 8번 → 7번 출구
4. 아현역, 2번 → 1번 출구
5. 이대역, 4번 → 1번 출구
6. 신촌역, 1번 출구
7. 가좌역, 다이소 가좌역점 → 4번 출구
8. 디지털미디어시티역, 1번 → 5번 출구
9. 수색역, 1번 출구
10. 화전역, 1번 출구

11. 강매역, 1번 출구

12. 행신역, 1번 출구

광화문 이순신 동상 앞에서 출발하는 시각은 오후 1시이다. 구간 대장은 1시간 일찍 와서 참가자들의 등록을 받아야 한다. 참가자들도 되도록 1시간 일찍 와서 참가 등록을 마치고 평티(평화로 가는 길, 티셔츠)로 갈아 입어야 한다.

▲Photo by 민서희

광화문 이순신 동상 앞에서 오후 1시에 출발하기 때문에 참가자들은 각자가 미리 점심 식사를 마쳐야 하며, 참가자들이 많으면 참가접수하는 데 시간이 걸리기 때문에 30분 전에 와야 한다.

아래 그림은 광화문길을 맡은 유명희 대장이 준비하여 참가자들에게 나누어준 간식 사진이다.

▲Photo by 김영민

서대문역(西大門驛, Seodaemun station)은 서울특별시 종로구 통일로에 위치하고 있는, 수도권 전철 5호선의 지하철역이다. 서대문구, 종로구, 중구 등의 경계에 위치해 있다.[64]

---

64) 『위키백과』

충정로역(忠正路驛, Chungjeongno station)은 서울특별시 서대문구 충정로 3가에 위치한, 서울 지하철 2호선과 수도권 전철 5호선의 환승역이다. 역명은 충정로에서 유래하였으며, 5호선은 종로방향인 충정로에, 2호선은 시청방향인 서소문로에 있다. 인근에 경기대학교가 있어서, 병기역명이 경기대입구(京畿大入口)이다. [65]

아현역(阿峴驛, Ahyeon station)은 서울특별시 마포구 아현동과 서대문구 북아현동의 경계에 있는, 서울 지하철 2호선의 전철역이다. [66]

이대역(梨大驛, Ewha Women's University station)은 서울특별시 마포구 염리동과 서대문구 대현동에 걸쳐 있는, 서울 지하철 2호선의 지하철역이다. 인근에 이화여자대학교 정문이 있어 역명으로 사용되었고, 역 안에는 이화여자대학교의 상징인 배꽃(梨花)이 그려져 있다. [67]

신촌역(新村驛, Sinchon station)은 2개가 있는데, 서로 멀지 않은 곳에 있다.

하나는 지하로 가는 서울 지하철 2호선의 지하철역이고, 다른 하나는

---

65) 『위키백과』
66) 『위키백과』
67) 『위키백과』

▲Photo by 유명희

지상에 있는 한국철도공사의 철도역이다. 지하철이 철도와 혼동되지 않도록 지하철역에는 신촌역(지하)라고 부기되어 있다.[68]

광화문역에서 지상 신촌역까지의 거리는 약 4.3km이다. 광화문길에서는 지상 신촌역이 1차 휴식 장소이다.

---

68) 『위키백과』

지원차량은 광장에 잠시 주차하면 된다. 역을 바라보고, 광장 왼쪽 끝부분에 차가 올라갈 수 있도록 턱을 낮게 한 부분이 있다. 화장실은 역 2층에 있다.

▲Photo by 유명희

가좌역(加佐驛, Gajwa station)은 서울특별시 서대문구와 마포구의 경계에 있는 수도권 전철 경의 · 중앙선의 전철역이다. 가좌역부터 효창공원앞역까지는 지하 구간이다.[69] 지상 신촌역에서 가좌역까지의 거리는 약 2.9km이다. 광화문길에서는 가좌역이 2차 휴식 장소이다.

▲Photo by 민서희

지털미디어시티역(Digital Media City station)은 서울특별시 은평구, 마포구, 서대문구에 걸쳐 있는 서울 지하철 6호선, 수도권 전철 경의 · 중앙선, 인천국제공항철도의 환승역이다.

역명의 머릿글자에서 따온 DMC역이라는 명칭으로 약칭되기도 하며, 한국철도공사의 전산망 역시 전산상의 역명으로 이 명칭을 사용한다. 수

---

69) 『위키백과』

도권 전철 경의·중앙선은 이 역부터 문산역을 지나서 임진강역까지 지상 구간이다.[70]

수색역(水色驛, Susaek station)은 서울특별시 은평구 수색동에 있는 경의선의 전철역이다. 디지털미디어시티역에서 600미터 떨어져 있으며, 역무실에는 한국철도 100주년 기념 스탬프가 비치되어 있다.[71]

▲Photo by 김영민

화전역(花田驛, Hwajeon station)은 경기도 고양시 덕양구 화전동에 있는 경의선의 전철역이다. 인근에 한국항공대학교가 있어서 부역명이 한국항공대이다.[72]

---

70) 『위키백과』
71) 『위키백과』
72) 『위키백과』

강매역(江梅驛, Gangmae station)은 경기도 고양시 덕양구 행신동에 있는 경의선의 전철역이다.[73]

행신역(幸信驛, Haengsin station)은 경기도 고양시 덕양구 행신동에 있는 경의선의 철도역이다. 이 역은 2020년 현재 KTX 정차역 중에서 최북단 역이다. KTX와 전동열차만 운행되고 있으며, 일반열차는 운행되지 않고 있다.[74]

▲Photo by 민서희

---

73) 『위키백과』
74) 『위키백과』

평화로 가는 길 중 광화문길 만들기 행사에는 '청와대 1인 시위 시민행동'에서 많은 분들이 참가하였다.

▲Photo by 이강옥

평화로 가는 길에 참가하는 개인 또는 단체에서는 오직 평티 즉 '평화로 가는 길에서 입는 티셔츠'만 입을 수 있고 그 외 다른 옷을 입거나, 평티를 가리는 행위는 안 된다.

다른 옷을 입거나 걸치고 기념 촬영을 할 때는, 위 그림처럼, 하루 행사가 모두 끝난 후 해야 한다. 즉 행사 중간에는 다른 목적으로 평화로 가는 길을 이용하여서는 안 된다.

남한 행정수도 세종에서 북한 수도 평양까지 걸어가는 거룩하고 멋진 평화로 가는 길은 우리 8천만 동포의 소원이자 이루어야 하는 당위이다. 그래서 그 아름다운 꿈에 다른 것을 넣어서는 안 된다.

▲Photo by 김영민

P9, B1, 광화문길

광화문길을 만든 사람들

곽태환, 김공주, 김영민, 김오균, 김용춘, 김윤식, 김재만,
김주호, 류경도, 민서희, 박태환, 설숙련, 성소야, 손태식,
위길연, 유명희, 이병록, 이강옥, 이성진, 이순희, 전인숙,
조미선, 진재열, 최영순. 홍성미,

▲Photo by 김영민

▲Photo by 민서희

▲Photo by 민서희

▲Photo by 김영민

P10

B코스 2구간

행신길

평화로 가는 길 제1기, P10 포스터

P10 행신길 포스터는 아래와 같다.

▲Photo by 사무국

P10, B2, 행신길

구간 대장, 정진수

안녕하세요, 평화로 가는 길 10구간 대장을 맡은 정진수입니다.

지난 1997년 우리는 IMF를 겪었습니다. IMF 당시를 뒤돌아보니, 소재와 부품 그리고 장비 분야의 기술부족으로 인해 자동차와 핸드폰 등을 만들어 수출해도 특허사용로 등의 로얄티를 주고 나면 정작 남는게 그리 많지 않았지 않나 생각됩니다.

그리고 결정적으로는 외환보유고가 부족한 상태에서 투기 펀드 세력의 장난과 옆나라 일본의 선제적 채권 회수 등으로 인하여 결국 IMF의 구제금융을 받아야 하는 참으로 힘든 시기를 보내야 했습니다.

8.15 광복을 통해 비록 땅 덩어리는 찾았지만, 기술부족으로 인해 일본, 미국 등의 기술 속국으로 전락한 상태에서 또 다른 지배 즉 기술 지배를 받고 살아온 것이 아닌가 생각됩니다.

지난해, 일본의 선전포고로 시작된 경제전쟁으로 인해 우리 대한민국도 소재, 부품, 장비 등을 국산화 하려는 움직임이 일고 있습니다. 기왕 시작한 김에 기술도 자립하여 기술 독립국이 되었으면 하는 바람입니다.

그리하여 중국이나 베트남 등으로 빠져나가는 기술을 보호하고, 미국이

▲Photo by 이강옥

나 일본 그리고 유럽의 선진 기술로부터 기술 독립을 쟁취하여 우리의
기술 역량을 한 차원 높게 구축하였으면 합니다.

아울러 북한의 기술력을 증가시킬 수 있는 남북교류가 진행되어 평화통
일을 위한 밑걸음이 차곡차곡 쌓여 나갔으면 하는 바람입니다.

지난 20~30년 간의 경험에 의하면 중국, 베트남, 미얀마, 인도네시아 등
에 진출한 우리 대한민국의 기업으로 인해 그 나라의 경제가 살아나고
그 나라 사람들의 삶의 질이 크게 올라가는 것을 보았습니다.

북한이 개혁, 개방을 하여 대한민국의 기업이 많이 진출하고 20~30년
정도 후에는 북한의 모습이 베트남보다 잘 사는 나라가 되었으면 좋겠
습니다.

그런 마음을 담아 진행하는 행사가 금번 깨시국에서 진행하는 '평화로 가는 길' 이라고 생각합니다. 행정수도인 세종시에서 출발하여 임진각

▲Photo by 이성진

까지 이어지는 길을 따라 참가자 한 사람 한 사람의 한 걸음 한 걸음에 이러한 메시지를 담아 걷는 길이라고 생각합니다.

대한민국의 기술 독립과 남북이 하나 되는 평화로 가는 길에 여러분을 초대합니다. 감사합니다.

정진수, 2020. 9. 18

▲Photo by 이병록

P10, B2, 행신길

구간 대장, 김용춘

안녕하세요, 평화로 가는 길 B코스 2구간 대장을 맡은 김용춘입니다. 10구간은 행신역을 출발하여 금촌역까지 이어진 길입니다.

부족한 사람인지라 잘할 수 있을까 고민을 많이 했지만, 최선을 다해 임하겠습니다.

그동안 깨시국에서 주최한 노무현 순례길에 몇 번 참가하여 좋은 경험을 하였고, 늘 감사하고 영광스럽게 생각하고 있었는데, 이번에 10.4 남북정상선언을 기념하여 깨시국에서 주최한 평화로 가는 길에 함께하게 되어 너무 기쁩니다.

코로나19가 7개월 넘게 지속되고 있고, 그 와중에 50일 넘는 장마도 있었으며, 몇 번의 태풍도 한반도를 강타하였습니다.

하지만, 외부 환경이 아무리 힘들어도 멈추지 말아야 하는 것은 남과 북이 전쟁을 끝내고 평화롭게 사는 세상이라고 생각합니다. 그래서 평화로 가는 발걸음은 중요한 것이라고 생각하는 것이구요.

비록 평화로 가는 발걸음이 한 번에 끝나지는 않겠지만, 비록 계란으로 바위를 치는 심정으로 많은 사람들이 참가하여 1년, 2년, 3년 이렇게 매년 걷다 보면 우리 세대가 지나가기 전 현실이 될 것이라 믿습니다.

여러분을 평화로 가는 길에 초대합니다. 10월 3일, 오전 8시 30분, 행신역에서 뵙겠습니다. 그때까지 모두 건강하십시오. 감사합니다.

김용춘, 2020. 9. 18

P10, B2, 행신길

행신길에 대한 단상

평화로 가는 길은 역에서 출발하여 역을 따라 걷다가 역에서 하루 일과를 마치게 된다.

B코스 2구간은 행신역에서 금촌역까지 이어진 길이다. 그래서 그 출발지를 가져와 행신길이라고 한다.

행신역에서 금촌역까지는 약 23.5km인데, 총 10개의 역이 있다. 아래는 행신길에 있는 각 역과 지나가는 출구를 순서대로 적은 것이다.

1. 행신역, 2번 출구
2. 곡산역, 1번 출구
3. 백마역, 1번 출구
4. 풍산역, 1번 출구
5. 일산역, 1번 → 2번 출구
6. 탄현역, 1번 출구
7. 야당역, 1번 출구
8. 운정호수공원
9. 운정역, 2번 출구쪽 버스정류장
10. 금릉역, 2번 출구
11. 금촌역, 1번 출구

<big>행</big>신역(Haengsin station, 幸信驛)의 좌우에는 유료주차장이 있다. 하지만 좀 많이 떨어져 있어서 평화로 가는 길 지원차량이 주차하고 물품을 내리기에는 불편하다. 역 앞 대로에 잠시 주차하는 것도 좋은 방법이라고 생각한다.

▲Photo by 김영민

행신역 화장실은 마치 백화점 화장실에 온듯한 분위기라서 높은 점수를 받고 있다.

행신역과 곡산역 사이에는 능곡역과 대곡역이 있지만 평화로 가는 길에서는 지나가지 않는 관계로 생략하였다.

곡산역(谷山驛, Goksan station)은 경기도 고양시 일산동구 백석동에 있는 경의선의 전철역이다.[75] 곡산역에서 일산역까지는 도로 오른쪽에 있는 산책로를 따라 안전하게 걸을 수 있다.

▲Photo by 민서희

---

75) 『위키백과』

백마역(白馬驛, Baengma station)은 경기도 고양시 일산동구 마두동에 있는 경의선의 전철역이다.

역 이름은 인근 백석동, 마두동의 앞글자에서 따온 것이기 때문에 흰 말을 의미하는 일반적인 명사인 '백마(白馬)' 와는 관련이 없다.[76]

▲Photo by 민서희

풍산역(豊山驛, Pungsan Station)은 총 네 개의 역이 있는데, 남한 행정수도 세종에서 북한 수도 평양까지 가는 평화로 가는 길에서 지나가는 풍산역은 경기도 고양시에 있는 경의선의 역이다.

---

76) 『위키백과』

▲Photo by 민서희

그 외 다른 풍산역은 함경남도 회령군에 있는 함북선의 역, 경기도 하남시에 있는 하남선의 하남풍산역 그리고 경상북도 안동시에 있던 구 경북선의 폐역인 경북풍산역이다.[77]

일산역(一山驛, Ilsan station)은 경기도 고양시 일산서구 일산동에 있는 경의선의 전철역이다. 일부 전동열차가 이 역에서 시작하고 종착한다.

▲새 일산역 건물 Photo by 민서희

옛 역 건물은 1933년 건립된 건물로 신도시 한가운데 대일항쟁기 역사

---

77) 『위키백과』

가 남아 있다는 것 자체가 희소가치를 가지고, 비슷한 시기의 경부선 역사와 양식이 다른 데다, 원형까지 잘 보존되어 있다고 평가되어 2006년 12월 4일에 등록문화재로 지정되었다.[78]

행신길의 중간 지점이 일산역이어서 점심 식사를 하게 되는데, 1번 출구보다는 2번 출구 쪽에 식당이 많다. 점심 식사를 마친 후 2번 출구쪽 산책로를 따라 탄현역으로 걸어 간다. 물론 1번 출구쪽에서 식사를 마쳤으면 1번 출구쪽 산책로를 따라가면 된다.

▲옛 일산역 건물 Photo by 민서희

탄현역(炭峴驛, Tanhyeon station)은 경기도 고양시 일산서구 탄현동

---

78) 『위키백과』

에 있는 경의선의 전철역이다. 역명은 역 동쪽의 탄현동에서 따왔으며,
파주시 탄현면(炭縣面)과는 관련이 없다.[79]

2020 평화로 가는 길에서는 탄현역에 들르지 않고 그냥 지나가서 찍은
사진이 없다. 탄현역을 출발하여 1.5km 정도 가면 오른쪽으로 들어가
는 길이 나온다. 직진하여 하천을 건너 산책로를 따라가면 야당역이 나
온다.

야당역(野塘驛, Yadang station)은 경기도 파주시 야당동에 위치한
경의선의 전철역으로, 2015년 10월 31일 개통되었다.[80] 야당역을 출발
하여 운정호수공원을 지나 운정역까지는 하천 산책로와 호수공원 산책
로를 따라 걸을 수 있다.

---

79) 『위키백과』
80) 『위키백과』

▲Photo by 민서희

운 정호수공원은 경기도 파주시 와동동 일원 운정신도시의 중앙에 위치한 724,937㎡의 공원이다.

▲Photo by 민서희

처음 공원이 들어섰을 때 가온호수, 소치호수, 중앙호수 등으로 다양하게 불림에 따라, 파주시에서는 2012년 지명위원회를 열고 운정호수에서 이름을 따와 운정호수공원으로 정했다.[81]

운정역(雲井驛, Unjeong station)은 경기도 파주시 야당동에 있는 경의선의 전철역이다.[82]

운정역은 역 전체를 담아 사진 찍을 곳이 마땅치 않아 운정역에 있는 버스 정류장에서 단체사진을 찍어야 했다.

▲Photo by 이강옥

---

81) 『위키백과』
82) 『위키백과』

운정역 지상에는 지원차량이 정차할 곳이 마땅치 않다. 하지만 지하 1~2층에는 차량 350대 정도가 주차할 수 있으니, 걷는 일행보다 먼저 와서 주차한 다음 일행을 기다리는 것이 좋다. 그리고 화장실은 2번 출구 2층 오른쪽에 있다.

금릉역(金陵驛, Geumneung station)은 경기도 파주시 금촌동에 있는 경의선의 전철역이다. 역명과는 달리 경기도 파주시의 법정동인 금릉동 으로부터 1km 이상 떨어져 있으며, 금촌동에 위치하고 있다.[83]

▲Photo by 민서희

평길은 올라가는 방향이고 금릉역은 내려가는 방향에 있다. 그래서 위 그림처럼 길 건너편 중앙광장에서 쉰다. 금릉역 공영주차장은 역 왼쪽

83) 『위키백과』

2번 출구 쪽에 있는데, 너무 멀고 반대 방향에 있으니, 지원차량은 중앙
광장 길가에 잠시 정차하는 것이 좋다. 그리고 화장실은 중앙광장 주변
건물 1층에도 있으니 그곳을 사용하는 것이 좋다.

금 촌역(金村驛, Geumchon station)은 경기도 파주시 금촌1동에 위치
한 경의선의 전철역이다. 경기도 파주시 중심부에 자리잡은 역으로, 파
주시 중추역 기능을 담당한다.

과거에는 지상역사로 저지대 수해에 취약하였으나, 현재의 새 역 건물
은 고가로 건축되어 문제가 개선되었다.[84]

▲Photo by 민서희

금릉역에서 금촌역까지는 약 2.1km이다. 주차장은 길 건너편에 있고 유
료이다. 그리고 화장실은 역 2층에 있다.

---

84) 『위키백과』

P10, B2, 행신길

행신길을 만든 사람들

김오균, 김용춘, 김홍주, 민서희, 설숙련,
원경연, 이강옥, 이병록, 이성진, 정진수.

▲Photo by 민서희

▲Photo by 민서희

▲Photo by 민서희

▲Photo by 민서희

▲Photo by 민서희

▲Photo by 이병록

▲Photo by 민서희

▲Photo by 이성진

P11

B코스 3구간

금촌길

2020년 10월 4일

평화로 가는 길 제1기, P11 포스터

P11 금촌길 포스터는 아래와 같다.

▲Photo by 사무국

P11, B3, 금촌길

구간 대장, 류경도

안녕하세요!! 평화로 가는 길 A코스 4구간에 이어 B코스 3구간 대장을 맡은 류경도입니다.

지금 우리나라는 오천 년 역사에 가장 위대한 시기가 도래하고 있다고 생각합니다.

경제는 분단된 반도국에서 더 이상 오르기 힘든 세계 10위권으로 도약

했으며 정치는 촛불 혁명을 이룬 국민들이 민주주의의 가치를 제대로 실현하고 있고 문화는 김구 선생님의 소원처럼 전 세계인이 K-Culture에 열광하고 있습니다.

특히, 코로나 19로 인해 우리는 이미 선진국에 살고 있음을 알게 되었습니다. 하지만, 저는 제 딸에게 물려주고 싶지 않은 것이 하나 있습니다.

바로 '분단된 국가에 사는 국민' 입니다. 종전이 아닌 휴전은 분노와 폭력과 전쟁의 위험을 늘 내포하고 있습니다.

▲Photo by 이성진

이번에 새로 만들어진 '평화로 가는 길'은 그래서 할 수 있는 한 많은 구간을 걸어볼 생각입니다.

언젠가는 아내와 딸의 손을 잡고 평양까지 그리고 신의주까지 함께 걸어가는 날이 올 것이라 꿈꿔보며 '평화로 가는 길'을 걸어볼 생각입니다.

평화로 가는 길에 여러분을 초대합니다. 감사합니다.

류경도, 2020. 8. 5

▲Photo by 이성진

▲Photo by 류경도

P11, B3, 금촌길

구간 대표주자, 깨어있는 시민연대당

안녕하세요, 평화로 가는 길 마지막 구간인 11구간에 팀으로 참가하는 '깨어있는 시민연대당' 입니다.

민주주의 최후의 보루는 깨어있는 시민의 조직된 힘!!

저희는 지난 국회의원 선거에서, 연동형 비례제도 때문에 반대 진영에게는 비례의원을 내어줄 수 없어서, 깨어있는 시민의 조직된 힘이라는 노짱님의 말씀을 받들어, 깨어있는 시민연대당을 창당하였습니다.

2020년 4월 1일, 2명의 후보와 봉하에 계신 노짱님께 이를 알리는 신고식을 하고 위성 정당이 아닌 정식 정당으로서 지난 21대 총선 투표지에 비례 기호 20번을 부여받았습니다.

지난 2월 시작된 코로나19로 인해, 개인과 일반단체도 아닌, 정당 이름으로 참가하려니 많이 조심스럽지만, 정부의 방역 수칙을 지키며 10월 4일, 일요일, 평화로 가는 길 P11구간에 참가하려고 합니다.

▲Photo by 다비치

평화로 가는 길은 우리 대한민국 모든 분들의 바람이라고 생각합니다.
우리의 발걸음이 평화를 만들고 번영을 다지는 밑걸음이 될 것이라 믿
습니다.

함께 하시는 분들 모두 건강하게 뵙겠습니다. 감사합니다.

깨어있는 시민연대당, 2020. 9. 23

▲Photo by 김영민

▲Photo by 다비치

P11, B3, 금촌길

구간 후기, 김영민

평길 11구간의 끝자락을 함께 걸으며 행복했던 순간을 기록해 봅니다.

평화를 바라고 이야기하면서도, 무엇을 해야하고 무엇을 할 수 있을까? 하는 막연한 고민만을 품고 있을 때, 앞선 걸음으로 평화로 가는 길을 내어주신 분들께 감사한 마음을 전합니다.

▲Photo by 김영민

깨시민들의 용기있는 걸음에, 위대한 여정 길에 잠시나마 함께 할 수 있어서 참으로 행복했습니다.

고된 걸음이지만 걸음이 이어질수록 마음에도 평화가 깃듦을 느꼈고, 깨어있는 시민의 조직된 힘이 만들어 가는 평화 길의 비전으로 가슴 뛰는 값진 경험이었습니다.

평화로 가는 길을 내어주신 깨시국 가족들, 그리고 이 길의 첫 완주자가 되신 백암 김오균 선생님과 이병록 제독님께 감사와 더불어 존경의 마음을 전합니다.

함께 하신 모든 분들, 늘 건승하시기를 응원합니다!
우리 모두 함께 평화로 가는 길!

김영민, 2020. 10. 5

▲Photo by 김영민

P11, B3, 금촌길

금촌길에 대한 단상

평화로 가는 길은 역에서 출발하여 역을 걷다가 역에서 하루 일과를 마치게 된다.

B코스 3구간인 금촌길은 금촌역에서 임진각 평화누리공원까지 이어진 길이다. 그래서 그 출발지를 가져와 금촌길이라고 한다.

금촌역에서 임진각 평화누리공원까지는 약 18km인데, 총 9개의 역, CU 편의점 1개 그리고 통일공원이 있다. 아래는 금촌길에 있는 각 역과 걸을 때 지나가는 출구를 순서대로 적은 것이다.

1. 금촌역, 1번 출구
2. 월롱역, 1번 출구
3. 파주역, 1번 출구
4. CU 파주봉서점
5. 통일공원
6. 문산역
7. 운천역, 1번 출구
8. 임진강역
9. 임진각 평화누리공원

금 촌역은 평화로 가는 길 중, 금촌길이 시작하는 곳이다. 금촌길은 금촌역 1번 출구에서 파주 임진각 평화누리공원까지 걸어가는 길이다.

금촌역에서 행사물품을 내릴 때는, 금촌역 광장으로 차를 이동시킨 다음 정차할 수 있다. 다만 오래 정차하면 역무원이 나올 수 있으니, 오래 주차할 때는 물품을 내린 다음 건너편 주차장에 주차하면 좋다. 단 길 건너편이라 대로를 건너야 하는 불편함이 있다.

금촌역 화장실은 역 건물 2층에 있다.

▲Photo by 민서희

월롱역(月籠驛, Wollong station)은 경기도 파주시 월롱면 위전리에 위치한 경의선의 전철역이다. 파주역이 1998년에 북쪽으로 이전되면서 신설되었다. 부기역명은 서영대학교로, 인근에 서영대학교가 있다. [85]

▲Photo by 민서희

월롱역은 금촌길 첫 번째 휴식장소로, 금촌역에서 월롱역까지는 약 4.4km이다.

행사 지원차량은 월롱역 앞 길가에 잠시 정차할 수 있다. 그리고 화장실은 건물 들어가서 왼쪽에 있다.

<hr />

85) 『위키백과』

파주역(坡州驛, Paju station)은 경기도 파주시 파주읍 봉암리에 위치한 경의선의 전철역이다. 부역명은 두원대학이다.[86]

▲Photo by 류경도

파주역은 금촌길 두 번째 휴식장소로, 월롱역에서 파주역까지는 약 2.4km이다.

갈곡천 다리를 넘어 조금 걷다 보면, 다음 지도에서 보는 것처럼, 파주역으로 가는 보행자용 샛길이 있다. 차량은 샛길 입구에서 500m 정도 직진하다 우회전, 우회전, 우회전하여 파주역에 미리 가 있으면 된다.

---

86) 『위키백과』

▲Photo from 네이버지도

CU 파주봉서점은 파주역에서 약 3.2 km 떨어져 있는 CU편의
점으로, 파주시 봉서4리에 위치하고 있으며, 주소는 파주시 파주읍 통
일로 1504이다.

금촌길에서는 점심을 각자 싸 와서 파주역으로부터 약 4.0km 떨어져 있
는 통일공원에서 먹는다.

혹 점심을 미리 준비해 오지 못한 참가자를 위해, 통일공원 가기 전 약
800m 정도에 있는 CU 파주봉서점에 들른다. 비록 휴식을 위해 들르는

것은 아니지만 필요한 먹거리를 사고 남는 시간은 쉴 수 있다.

CU 파주봉서점 마당은 쌍용서비스 문산코너 마당까지 연결되어 있어서, 5~7대 정도의 지원차량이라도 충분히 주차할 수 있다. 2020년에는 3대의 지원차량이 주차하였다.

통일공원은 강릉과 파주에 있다. 평화로 가는 길에서 지나가는 통일공원은 파주에 있는 통일공원이다. 파주 통일공원은 경기도 파주시 파주읍 봉서리에 있는 공원으로, 공원 넓이는 약 4만 1000㎡이다. 1953년 휴전회담 당시 UN종군기자센터가 있던 곳에, 육군 제1사단 장병들의 호국정신을 기리고 추모하기 위해 1973년에 조성되었다.[87]

---

87) 『두산백과』

파주 통일공원은 금촌길 세 번째 휴식장소이자 점심 식사를 하는 곳으로, 파주역에서 약 4.0km 떨어져 있으며, CU 파주봉서점으로부터는 약 800m 떨어져 있다.

▲Photo by 민서희

앞 그림은, 육탄용사충용탑으로 올라가는 계단에서 찍은 단체사진이다.
육탄용사충용탑은 높이 20m의 대형 탑으로 6·25전쟁이 일어나기 1년
전 개성의 송악산 전투에서 박격포를 안고 적진에 뛰어든 10인의 용사
를 기리기 위해 만든 탑이다.

▲Photo from 네이버지도

위 그림의 좌측 중간에 있는 '통일공원' 오른쪽으로 들어가면, 차가 들
어가고 나오는 큰 아스팔트길이 나온다. 그 주위 그늘에서 점심 식사를
한다.

문산역(文山驛, Munsan station)은 경기도 파주시 문산읍 문산리에
있는 경의선의 철도역이다. 수도권 전철 경의·중앙선 전동열차의 대부

분이 이 역에서 시작하고 마치는데, 2020년 3월 28일에는 임진강역 셔틀 전동열차가 추가되었다. 이 역 지나 남쪽으로 디지털미디어시티역, 서울역까지 그리고 북쪽으로 임진강역까지는 지상 구간이다.[88]

문산역은 통일공원에서 그리 멀지 않고 또 올라가는 방향이 아닌 길 건너 내려가는 방향이어서 들르지 않고 그냥 지나간다.

▲Photo from 네이버지도

운천역으로 가는 길에는 다음과 같이 조경으로 한반도를 만들어 놓은 곳이 있었다. 이곳에서 기념 촬영을 하고 지나갔다. 지원차량은 그냥 큰

---

88) 『위키백과』

▲Photo by 이성진

길가에 정차한 상태였다.

운천역(雲泉驛, Uncheon station)은 두 개가 있는데, 하나는 광주광역시 도시철도 1호선에 있는 운천역이고, 다른 하나는 파주시에 있는 경의선 운천역이다. 이 둘 중, 평화로 가는 길에서 만나는 운천역은 파주시에 있는 운천역이다.

파주 운천역은 경기도 파주시 문산읍에 있는 경의선의 철도역이다. 이 역은 경의선 복원 공사로 문산~도라산 구간이 복원된 뒤 문산역과 임진강역으로부터 멀리 떨어진 운천리와 마정리 주민의 교통 편의를 위해 2004년 10월 31일에 임시승강장으로 신설된 역이다.[89]

---

89) 『위키백과』

문산 이북 구간의 전철화 사업을 진행하면서 폐역할 예정이었으나 역 근처의 당동지구를 개발하기로 하면서 폐역 대신 역사를 신축하기로 함에 따라 잠시 전철 운행을 중단했는데, 2021년에 전철 운행을 재개할 예정이다.[90]

▲Photo from 다음지도

파주 통일공원에서 운천역까지는 약 4.7km로, 중간까지 약간 오르막길이다. 그래서 오르막을 다 올라가서 도로 폭이 넓어지는 곳에서 한 번

90) 『위키백과』

쉬어 가는 것이 좋다. 지원차량은 역시 그 곳 적당한 곳에 정차하면 된다. 하지만 아쉽게도 화장실은 없다.

운천역은 금촌길 네 번째 휴식장소이다. 2020년에는 운천역 신축 공사로 인해 운천역에서 화장실을 사용할 수 없어서 난감했다. 아쉽게 나마 운천역 앞에 있는 식당에서 해결해야만 했다.

2021년에 운천역 신축 건물이 들어서고 업무가 시작되면 아마도 이러한 불편은 없어질 것으로 보인다.

임진강역(臨津江驛, Imjingang station)은 경기도 파주시 문산읍 마정리에 있는 경의선의 철도역이며 수도권 전철 경의 중앙선의 전철역이다. 1938년부터 1941년까지 존재한 임진역(臨津驛)이 전신이며, 현재의 역은 경의선 연결에 따라 문산역~임진강역 6.8km 구간의 복원이 끝난

▲Photo from 다음지도

2001년 9월 30일에 영업을 재개하였다. 수도권 전철 경의·중앙선은 이 역부터 서울역까지 지상 구간이다.

임진강역은 경의선에서 민간인이 자유롭게 출입할 수 있는 대한민국의 마지막 역이기도 하다. 도라산역에 가려면 이 역에서 민간인출입통제구역 출입 특별 수속을 거쳐야 하며, 반드시 도라산역에서 돌아오는 왕복 승차권을 미리 구입하여야 한다.

2020년 3월 28일 경의선 문산 ~ 임진강 구간의 전철화 사업 완료와 함께 수도권 전철 경의·중앙선이 이 역까지 연장되었으며, 문산역까지만 오가는 셔틀 형태로 평일 2회, 주말 4회 운행한다. 임진각국민관광지가 부근에 있어서 '임진각역'으로 불리기도 하나, 이는 잘못된 표현이다.[91]

▲Photo by 유명희

91) 『위키백과』

운천역에서 임진강역까지의 거리는 약 2.5km이다. 다만 금촌길에서는
임진강역이 반대 방향에 있어서 들르지 않고 그냥 지나간다.

▲Photo by 이병록

평화누리공원은 임진각국민관광지 안에 포함되어 있는 공원인데, 임진각국민관광지(臨津閣國民觀光地)는 경기도 파주시에 소재한 관광지이다. 임진각국민관광지는 임진각 본관뿐만 아니라 평화누리공원, 평화의 종, 망배단 등을 모두 통칭하고 있다.[92]

▲Photo from 다음지도

운천역으로부터 평화누리공원까지의 거리는 약 3.0km이다. 금촌길은 평화누리공원에서 끝나지만 평화로 가는 길의 1차 목적지는 평양이기 때문에 아직 끝난 것은 아니다. 하지만 더 이상 갈 수 없어서 평화누리공원에서 마쳐야 한다면, 평화누리공원에 도착하는 대로 해단식이 진행되어 화장실 갈 시간이 없다.

지원차량은 임진각국민관광지 입구에서 주차비를 선결제 한 다음 오른쪽으로 붙여 주차하면 된다.

---

92) 『위키백과』

P11, B3, 금촌길

금촌길 1팀, 2팀, 3팀

금촌길 행사 하루 전 오후에서야, "코로나19 방역을 위해 참가자는 10명 정도씩 끊어서 걸어 달라는 요청이, 경찰측으로부터 있었다"는 것을 전해 들었다. 부랴부랴 각 팀 대장만 정한 다음 나머지 팀원들은 현장에서 배정하려고 하였으나, 쉽지 않았다.

이를 계기로, 10월 9일부터 진행된 제1회 알로이시오길 연대 행사에서는 처음부터 팀대장 1명, 깃발주자 1명, 팀원 10명 정도를 한 팀으로 정한 다음 카톡을 통해 이를 알리고, 팀 변경 요청을 받아 팀을 나누니, 행사 당일에는 각 팀끼리 사진도 찍고, 퍼포먼스도 하였다.[93]

▲알로이시오길 중 팀별 퍼포먼스, Photo by 윤치호

---

93) 구간 아래에 팀을 두면 참가 인원이 100명이 넘어도 문제가 되지 않는다. 이때 중요한 것은 모든 팀대장과 지원차량에 안전봉과 무전기를 지급하고, 집행부는 1호차나 2호차에 타고 지휘해야 한다는 것이다.

P11, B3, 금촌길

금촌길 1팀 그림으로 보기

▲Photo by 이성진

▲Photo by 이성진

P11, B3, 금촌길

금촌길 2팀 그림으로 보기

▲Photo by 이성진

▲Photo by 이성진

P11, B3, 금촌길

금촌길 3팀 그림으로 보기

▲Photo by 이성진

▲Photo by 김영민

P11, B3, 금촌길

해단식, 최다구간 참가자 축하

▲Photo by 김영민

P11, B3, 금촌길

해단식, 기념 버스킹

▲Photo by 김영민

P11, B3, 금촌길

금촌길을 만든 사람들

권진숙, 김동헌, 김오균, 김용춘, 김윤식, 김주희, 김홍주,
류경도, 류아림, 문혜원, 민서희, 박법연, 신민호, 유명희,
이강옥, 이민구, 이병록, 이성진, 이옥순, 전인숙, 정년옥,
정례선, 정진수, 차지영, 최영순, 최윤정, 최재환.

▲Photo by 김영민

▲Photo by 이성진

▲Photo by 이성진

▲Photo by 김영민

▲Photo by 이성진

누구나 말은 할 수 있습니다. 하지만 그것을 실천에 옮기는 것은 다른 문제입니다.

걷는 유라시아길, 걸어서 평양가는 길을 만들기 위해 모임을 갖고 답사하고 걸은 사람들이 있습니다.

2019년 여름, 평양에서 내려올 수도 있고, 평양으로 올라갈 수도 있는 길을 만들기 위해, 민서희 작가의 제안으로 긴급 번개가 이루어졌고, 이후 황영근 준비단장, 전경희 총무, 함도현 간사를 선출하여 모임과 회의가 이어지다 임진각과 도라산역 등을 답사하였습니다.

▲Photo by 함도현   ▲Photo by 황영근

2020년 가을, 유명희 단장, 이성진 단장, 윤성복 대장, 이기섭 대장, 한보람 대장이 중심이 되어 임진각에서 서울 광화문까지 '걸어서 평양

가는 길'을 만들었습니다.

2020년 여름, 걷는 유라시아길을 만들기 위해 임종임, 김홍주, 김주희, 민서희는 서울과 경기의 여러 곳을 답사하였습니다.

▲Photo by 민서희

2020년 가을, 걸어서 평양가는 길과 걷는 유라시아 길을 모두 담고 있는, 세종에서 평양까지 걷는 '평화로 가는 길'의 남측 구간이, 이 책에 있는 많은 분들의 노력으로 인해 만들어졌습니다.

역사는 갑자기 어느 한 사람에 의해 이루어지는 것이 아니라 다수의 깨어 있는 시민들의 참여로 인해 점진적으로 이루어지는 거 같습니다.

2021년, 더 많은 분들이 더 멋진 길을 만들 것입니다.

2021년 1월 3일

깨시국 사무국에서

민서희, 깨학연구소장